La Septième Fée

1 – Idrasil

Mot de l'éditeur

Evidence Editions a été créée dans le but de rendre accessible la lecture pour tous, à tout âge et partout. Nous accordons une grande importance à ce que chacun puisse accéder à la littérature actuelle sans barrière de handicap. C'est pourquoi nos ouvrages sont disponibles en format papier, numérique, dyslexique, braille et audio.

Tout notre professionnalisme est mis en œuvre pour que votre lecture soit des plus confortables.

En tant que lecteur, vous découvrirez dans nos différentes collections de la littérature jeunesse, de la littérature générale, des témoignages, des livres historiques, des livres sur la santé et le bien-être, du policier, du thriller, de la littérature de l'imaginaire, de la romance sous toutes ses formes et de la littérature érotique.

Nous proposons également des ouvrages de la vie pratique tels que : agendas, cahiers de dédicaces, Bullet journal, DIY (Do It Yourself).

Pour prolonger le plaisir de votre lecture, dans notre boutique vous trouverez des goodies à collectionner ainsi que des boxes livresques disponibles toute l'année.

Ouvrir un livre Evidence, c'est aller à la rencontre d'émotions exceptionnelles.

Susie Norman

La Septième Fée
1 – Idrasil

Couverture : **Chloé S.**

Publié dans la **Collection Imaginaire**

ÉVIDENCE EDITIONS

À Noah et Nessa

La Première pour la terre, mère de toute chose
La Deuxième pour l'eau originelle
La Troisième pour l'air invisible, souffle de la vie
La Quatrième pour la glace, froide et immobile
La Cinquième pour son opposé, le feu insaisissable
La Sixième pour les bêtes peuplant les forêts et les plaines
Ainsi l'union des Six les rendra invincibles
Mais le jour où le Mal prendra possession de l'une d'elles
La Septième descendra du Ciel
Dans sa forme la plus pure
Et de son pouvoir protecteur
Chassera les forces maléfiques.

Dymphéa
Warog
Kenaan
EONA
IDRAS
Collines Rouges
Nedeleg
Talwin
Mer de Grâce
Labyrinthe
Gouffre de Siléas
Aurus
Charme
Rowan
Bestla
Castel Serac
BARD
Port Royal

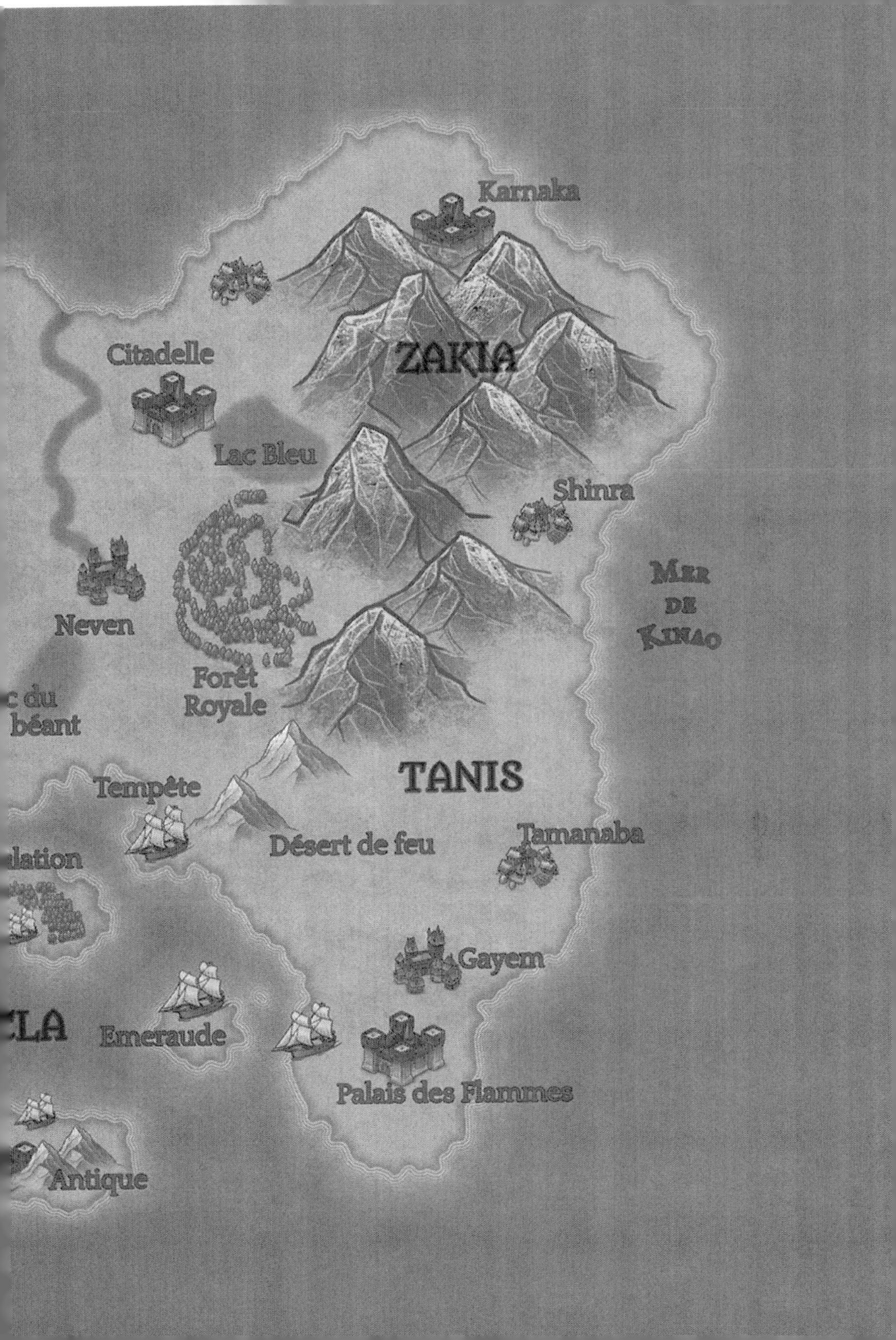
Karnaka
Citadelle
ZAKIA
Lac Bleu
Shinra
Neven
Mer
de
Kinao
Forêt
Royale
c du
béant
TANIS
Tempête
Tamanaba
Désert de feu
lation
Gayem
CLA
Emeraude
Palais des Flammes
Antique

Prologue

« Au commencement apparurent les bêtes sauvages. Elles peuplèrent en hordes dévastatrices les grands espaces nus d'Adara, des profondeurs des gouffres aux plus hauts sommets, des mers abondantes aux terres arides, des déserts brûlants aux immensités glacées. Elles s'adaptèrent sur plusieurs générations à l'environnement hostile et inhospitalier, décuplant leur résistance et leur espérance de vie. Elles infestaient la Terre comme une maladie, saccageant tout sur leur passage. Les arbres périssaient, l'eau se raréfiait, les ressources vitales diminuaient.

Alors, la nature voulut reprendre le dessus : la Terre nourricière et le Ciel infini s'allièrent afin de créer six créatures féeriques capables de rétablir ensemble la paix, la beauté et l'harmonie. Le secret de la naissance des fées reste aujourd'hui encore un mystère. On sait qu'à chacune d'elles fut offert un pouvoir spécial, révélé à l'âge adulte par un talisman, pour mener à bien leur mission. Sylvia, la première, avait reçu le don de régénérer les plantes et les arbres dévastés. Elle créa sur les terres fertiles de la région d'Eona des forêts incommensurables. Nalani, la deuxième, commandait aux flots des mers et aux pluies. Elle provoquait à sa guise déluges et raz-de-marée, pouvait même ramener l'eau dans les contrées désertiques. Hélas, à cause de sa maladresse et de son manque d'expérience, elle noya une grande partie des rivages de Kaëla et seuls quelques îlots apparaissaient désormais au milieu de l'océan. Depuis cette époque, elle se cachait au fond des mers et n'osait plus utiliser sa magie. Ensuite venait Eolia, la fée du vent. Dissimulée tel un courant d'air insaisissable dans les hautes montagnes de Zakia, elle soufflait rafales et tempêtes. La quatrième, Nora, transformait en glace ce qu'elle touchait. Détestant la chaleur et le soleil, elle trouva naturellement sa place au sud, dans l'immensité blanche et neigeuse des glaciers de Bard.

La cinquième fée, la plus belle des Six, était Magda. Fière et orgueilleuse, elle maîtrisait les secrets du feu. Elle développa son talent à la perfection dans les déserts brûlants de Tanis. Elle était convaincue que ses capacités la rendaient supérieure aux autres. Terriblement jalouse, elle n'accepta jamais la présence d'une sixième fée : Dana, la petite sœur, comprenait le langage des animaux. Elle entrait dans leurs têtes, lisait comme dans un livre ouvert leurs pensées et leurs sentiments. Quand elle leur parlait, la plupart lui obéissaient.

Devant la puissance de l'union des Six, les bêtes sauvages furent affaiblies et asservies, tandis que d'autres créatures moins destructrices apparurent. Hommes, nains, elfes, sirènes, grands singes et hommes-serpents bâtirent sur les terres d'Adara six royaumes solides et prospères à l'image de leurs fées protectrices. Pendant un temps, la paix tant attendue régna entre les peuples. Hélas, l'attrait du pouvoir et l'instinct belliqueux des êtres vivants ressurgirent dans les cœurs et bientôt, les territoires des uns furent convoités par les autres. Les fées elles-mêmes se désolidarisèrent au profit égoïste de la sauvegarde de leur propre domaine. Magda, très ambitieuse, convainquit le roi Aël de Tanis de conquérir les autres régions afin de devenir les maîtres d'Adara. Avec leur armée de Wagils, des hommes pouvant se transformer en serpents, ils envahirent les contrées, même les plus reculées, les unes après les autres, pillant tout sur leur passage. Dana, la plus aventurière, fut la dernière à leur résister. Elle regroupa dans les plaines d'Idrasil un groupe d'hommes courageux. Mais eux aussi furent vaincus et le désespoir s'installa de nouveau.

Pourtant, la Terre et le Ciel, déçus par l'échec de leur progéniture, n'abandonnèrent pas leur projet de sortir le monde du chaos. Ils envisagèrent une autre solution, révélée comme une énigme à Sylvia, la première et la plus sage des Six, à travers les racines profondes des arbres millénaires dont le langage n'était connu que d'elle seule. Voici un passage du récit qui fut rapporté et dont on a oublié les premières phrases :

Mais le jour où le Mal prendra possession de l'une d'elles
La Septième descendra du Ciel
Dans sa forme la plus pure
Et de son pouvoir protecteur
Chassera les forces maléfiques.

La nouvelle de cette légende se répandit rapidement et bientôt les peuples d'Adara se demandèrent avec espoir quand viendrait… la septième fée. »

Chapitre 1

Les collines rouges

— Bien, coupa la mère, il est l'heure d'aller se coucher.

— Oh, non, maman, s'il te plaît, encore un peu, dit le petit dernier.

— Nafaël, ça suffit, il est tard. Grand-père racontera la suite demain. C'est la même histoire tous les soirs, tu la connais par cœur !

— Grand-père, explique-nous encore comment l'armée de Magda a envahi les forêts d'Eona.

— Non, répondit le vieil homme, ta mère a raison, au lit.

Le petit garçon de huit ans se recroquevilla sur lui-même, boudeur.

— Nafaël, viens maintenant, insista sa grande sœur.

Elle se leva. Une robe bleue longeait sa silhouette gracile jusqu'à ses chevilles nues. D'épais cheveux noirs bouclés tombaient à l'avant sur sa poitrine partiellement découverte. Elle tourna un visage délicat et fin, à la peau hâlée par le soleil, vers le dernier né de la famille, et lui lança de ses grands yeux noirs un regard malicieux. Elle passa une main tendre dans sa chevelure ébouriffée. Il secoua la tête et se redressa en riant. Il embrassa ses proches, puis courut se glisser dans sa couchette au fond de la salle.

C'était une famille unie. La mère, Aénor, était courageuse, douce et patiente ; pourtant, son visage était empreint d'une profonde mélancolie. Elle avait dû être fort séduisante durant sa jeunesse, car, malgré les petites rides au coin de ses yeux marrons fatigués et son apparence modeste, elle gardait des traits ravissants. Elle s'efforçait d'être toujours impeccable, même pendant le labeur, conservant son tablier blanc propre et sa coiffure soignée. Ses fins cheveux bruns étaient remontés en chignon et des pinces empêchaient des mèches de s'en détacher. Elle avait surmonté avec dignité la mort de son mari en se consacrant au bien-être de leurs enfants : Nao, l'aîné, Nessaora et Nafaël. Son père, le vieux Yun demeurait à ses côtés et lui apportait, chaque jour, un soutien indispensable. Elle ignorait ce qu'il avait vécu pendant les années sombres de sa jeunesse. Pourtant, chaque soir, il contait à ses petits-enfants, subjugués, des récits romanesques de batailles, d'exploits de chevaliers et d'histoires d'amours passionnées.

La ferme familiale n'était pas très grande pour les cinq habitants. C'était une petite maison en bois et torchis. Le toit était recouvert de chaume. Une ouverture sous la porte d'entrée, en chêne, laissait passer le froid en hiver. L'habitation n'était constituée que d'une seule pièce mal éclairée par deux petites fenêtres vitrées. De grandes dalles de pierre recouvraient le sol. Au centre se trouvait une table de bois massif entourée de deux bancs. Sur le mur de gauche, une cheminée servait pour se réchauffer et cuisiner. Devant l'âtre, un grand tapis de laine permettait à la famille de se retrouver le soir pour écouter les histoires de Grand-père Yun. On dormait tous ensemble sur des couchettes de planches de bois recouvertes de paille. Sur le mur de droite étaient installées des étagères, sur lesquelles on avait entassé des plats, des assiettes et autres ustensiles de cuisine. Enfin, une grande armoire sculptée, héritée des grands-parents, préservait les quelques modestes vêtements et linges de la famille. Le mobilier était certes sommaire, mais l'ensemble restait confortable.

À l'extérieur, un abri à outils, servant également de garde-manger, était accolé à la ferme. Une porte à l'intérieur de la pièce principale permettait d'y aller sans sortir. Quelques mètres plus loin, une solide grange était utilisée pour le pressage du raisin et la fermentation du vin. La cour était fermée par une barrière en bois que l'on pouvait facilement enjamber, mais l'on ne craignait pas beaucoup les voleurs dans cette partie du royaume. En cette saison estivale, l'herbe jaunie était sèche ; cependant, avec l'arrivée de l'automne, elle reprendrait rapidement sa couleur verte. Un puits en pierre trônait au milieu du jardin. Il garantissait les besoins en eau de la petite famille. Une partie du terrain avait été close pour l'unique vache, les trois chèvres et Flam, le beau cheval blanc.

Adossé au mur, près de la fenêtre, les bras croisés, se tenait l'aîné, Nao, un jeune homme robuste de vingt-cinq ans. Il avait le visage rond, la peau bronzée, les lèvres charnues. Il portait une ample tunique beige, les manches remontées jusqu'aux coudes, et un pantalon marron. Depuis la mort de leur père, emporté par la maladie quelques années auparavant, il avait quitté l'enfance pour devenir l'homme de la famille. Il pensait être de sa responsabilité de veiller sur les siens. Il travaillait sans relâche, sans jamais se plaindre et parlait peu. Comme tous les soirs, le regard sévère, il observait à travers la vitre le coucher du soleil sur les plaines d'Idrasil.

Le royaume d'Idrasil, bordé par les mers éternelles, se trouvait au nord de la terre d'Adara. De la connaissance de Nao, personne ne s'était jamais aventuré au grand large, ou du moins, personne n'en était jamais revenu. Dans les quelques livres d'histoire que possédait la famille, les anciens racontaient que les premiers hommes d'Adara seraient arrivés par bateaux, mais ce n'était que des légendes invérifiables. À l'ouest, derrière la frontière naturelle dessinée par les basses montagnes de Tenenan s'étendaient les grandes forêts d'Eona, territoire des nains, des lutins et autres créatures des bois, telles que les Centaures dont était issu le roi Damos, ami et allié d'Idrasil. En remontant le long de la mer sur quelques kilomètres de côtes rocheuses inhospitalières, contournant le golfe de Gudrun, on parvenait en deux jours de marche à la bordure est où le mont Tadao, derrière le lac Bleu, les séparait des hautes montagnes de Zakia. En redescendant vers le sud, le col de Danaan était le passage pour les déserts de Tanis. Puis les sommets enneigés disparaissaient dans les étendues d'eau de Kaëla. Enfin, à l'extrême sud-est, là où Adara se refroidissait, le gouffre sans fin de Sileas les coupait des glaciers de Bard. Idrasil la Vulnérable était ainsi au centre des six royaumes, et son histoire mouvementée à travers les âges s'expliquait aussi bien par sa situation géographique que par l'abondance de ses terres fertiles et accueillantes.

Aux temps les plus anciens, elle avait d'abord été peuplée par les bêtes sauvages. Puis les hommes quittèrent les régions hostiles, fuyant les montagnes enneigées, les forêts sombres et les déserts brûlants. Avec l'aide de la fée Dana, ils chassèrent et domestiquèrent les derniers animaux pour s'y installer, provoquant la jalousie des autres peuples. De nombreux conflits avaient éclaté, déclenchant de multiples affrontements pour ce territoire, mais aucun d'eux n'avait été si meurtrier que celui les opposant au seigneur Aël et la fée maléfique. Pourtant, le temps, hélas, efface les mémoires, et la jeune génération d'Idrasil vivait dans l'ignorance du Mal toujours menaçant. Car tant que le roi sombre de Tanis était en vie, aucun être d'Adara n'était à l'abri d'un désastre.

Contrairement à d'autres créatures plus solitaires, les Idrasiliens vivaient en communauté. Au nord, près du lac Bleu, sur le plateau royal, se trouvait la citadelle du roi Enoghat, véritable forteresse imprenable, léguée de père en fils depuis la nuit des temps. Elle abritait une compagnie d'artisans, de paysans et une armée de chevaliers au service du souverain. En suivant les routes pavées vers le sud-est, on découvrait, près de la rivière Tekla, entourée de champs cultivés, la modeste ville fortifiée de Neven, dont les remparts endommagés gardaient les traces d'une ancienne bataille contre l'armée de Tanis. Au nord-ouest, entre la mer et les monts Tenenan, la riche et prospère cité de Kenaan, alimentée en eau par le fleuve Eava, possédait la plupart des terres cultivables des plaines gorgées de soleil du Bertil.

Nao et sa famille habitaient à l'ouest de Neven, dans le hameau perché sur les trois collines rouges. Ce nom venait des allées de vignes qui recouvraient leurs pentes. On y concevait le meilleur cru du royaume. Nao et Nessaora travaillaient avec leur mère à l'entretien des cépages, la récolte du raisin et la fabrication du vin, aidés par l'autre famille vivant au hameau. La plupart des terres de ces Collines avaient appartenu pendant longtemps à la riche dynastie des Bekkur, dont descendait Sven, le mari d'Aénor. Leur boisson était réputée, et ils exportaient des caisses entières du breuvage dans les régions voisines. À la suite de plusieurs années de mauvaises récoltes et de guerres, une partie du domaine viticole avait été cédée à la famille de Paol, des paysans travaillant à leur service depuis plusieurs générations. À la mort de Sven, son héritage revint légitimement à sa femme et ses enfants.

C'était la fin de l'été et l'heure des vendanges. Le temps était clément ce jour-là. Nao, Nessaora et leur mère, accompagnés par le sympathique Rik, fils de Paol, et sa femme Abélia, passaient dans les allées de vignes, cueillant les raisins mûrs. Les deux familles s'entendaient bien. Elles se réjouissaient d'une si bonne récolte cette année. La chaleur les accablait, mais ils ne renonçaient pas à leur labeur. C'était le moment le plus important de la saison. Nafaël, déjà lassé du travail contraignant, courait dans tous les sens, son grand-père fatigué et essoufflé à ses trousses. À leur suite, la fille de leurs amis, la petite Adénora, riait aux éclats.

Un peu plus loin, sur l'autre versant, on apercevait Tilio, un colosse de presque deux mètres, le fils adoptif de Rik et Abélia. Ce gentil couple n'avait pu concevoir, assez tardivement, qu'un seul enfant. Un jour, une de leur cousine éloignée de Kenaan était subitement décédée, laissant un orphelin. L'arrivée du garçon fut pour la famille une véritable bénédiction. Celui-ci, relevant la tête, lança un signe amical en direction de Nao, son ami d'enfance. N'ayant que quelques années de différence, Nao, Tilio, de deux ans son cadet, et Nessaora, la plus jeune avec ses vingt ans, avaient grandi tous les trois ensemble et étaient liés par une grande amitié.

C'était ainsi une journée paisible dans le petit hameau et chacun vaquait insouciant à ses occupations quotidiennes, quand soudain un nuage de poussière s'éleva du chemin de terre venant des habitations. Des cavaliers approchaient à vive allure. Accaparés par leur besogne, les cultivateurs ne les remarquèrent pas aussitôt, jusqu'à ce que Grand-père Yun s'immobilise.

— Que se passe-t-il, Grand-pa ? s'inquiéta l'aîné en s'essuyant le front en sueur d'un revers de main.

— Des cavaliers approchent.

Tous tournèrent la tête vers eux.

— Combien sont-ils ? demanda Aénor, nettoyant ses doigts sur son tablier.

— Cinq, je pense, répondit Nao qui, de sa grande taille, pouvait scruter l'horizon.

D'instinct, Rik, Abélia et Adénora s'étaient rapprochés. Tilio arrivait également de la colline d'en face. Les cavaliers vinrent à leur rencontre. Le premier, certainement leur chef, mit pied à terre. Il observa l'assemblée de ses yeux bleu vif enchanteurs. Il devait être de la taille de Nao. Ses épaules carrées lui donnaient l'aspect d'un combattant aguerri. Il portait une très belle armure dont la cuirasse métallique étincelait sous les rayons du soleil. Le jeune paysan reconnut sur son plastron le blason aux couleurs de la famille royale : un cerf doré sur un fond azur. Cet emblème avait été choisi par les ancêtres du roi Enoghat, il y a bien longtemps, alors qu'Idrasil n'était encore qu'une vaste étendue de plaines sauvages peuplées d'animaux féroces. On racontait qu'un jeune homme, Einar le Hardi, poursuivi par une bête gigantesque, fuyant à travers les bois, aurait aperçu un cerf majestueux, resplendissant comme le soleil. Celui-ci l'aurait guidé au milieu de la végétation inhospitalière jusqu'à un abri de fortune sur les hauteurs. Einar devint par la suite, après moult batailles, le premier souverain du royaume et commanda la construction d'une majestueuse citadelle à la place de cette cachette sur le plateau royal. Conscient qu'il devait sa survie à l'animal, il représenta sur ses bannières et ses armes un cerf doré sur un fond azur, en référence au lac Bleu d'où il était originaire. Depuis, ce symbole était devenu les armoiries de la famille royale.

Le chevalier retira son casque et passa la main dans ses cheveux châtain clair décoiffés.

— Prince Sigis, s'inclina Grand-père Yun.

Les autres le regardèrent sans comprendre.

— Relève-toi, vieil homme, répondit le cavalier d'un air bienveillant en souriant.

— Vous êtes…, commença Nao.

— Je suis Sigis, fils d'Enoghat, et toi, quel est ton nom paysan ?

— Nao, fils de Sven. Voici mon grand-père Yun…

— Yun ? coupa le jeune prince surpris, es-tu le Yun qui combattit autrefois aux côtés de mon grand-père à la bataille de Neven ?

— Oui, monseigneur.

— Alors, ce serait à moi de m'agenouiller devant toi. Mon grand-père m'a raconté plus d'une fois comment tu lui as sauvé la vie…

— C'est vrai, Grand-père ? interrompit Nafaël, tout exalté.

— Nafaël, on ne coupe pas la parole au prince ! Veuillez excuser mon petit frère, Sire, ajouta Nao en tirant l'enfant à lui.

— Que nous vaut le plaisir de votre visite ici, monseigneur, si loin de la citadelle ? s'enquit Rik.

— Je viens vous mettre en garde d'un danger : des Wagils sont en route pour votre village…

— Je ne crains pas les Wagils, affirma Nafaël, attrapant son bâton, qu'ils viennent !

— Oh là ! ajouta Sigis en souriant, doucement, courageux combattant !

— Que veulent les hommes-serpents ? De l'or ? Nos récoltes ? reprit Rik.

— Rien de tout cela, paysan. La reine-fée Magda leur a ordonné d'enlever des jeunes filles.

Tous alors se retournèrent vers Nessaora. Sigis ne l'avait pas encore vue et posa à son tour son regard sur elle. Il était très séduisant, et son pouvoir attirait souvent l'admiration des dames. Souvent entouré d'une cour féminine, il n'avait que l'embarras du choix. Mais jamais il n'avait eu l'occasion de rencontrer une créature si belle. Il la trouva magnifique. Ses cheveux noirs aux boucles légères flottaient dans le vent. Son visage fin à la peau lisse légèrement hâlée lui donnait l'air fragile d'une demoiselle qu'un chevalier courtois rêverait de secourir. Ses grands yeux noirs aux cils intensément recourbés le fixaient.

— Mais, pourquoi ? parvint-elle à articuler sous le coup de l'émotion.

— Je… hum…, bafouilla Sigis, déstabilisé, je n'en ai aucune idée, ma dame. Mais elle a déjà fait sept prisonnières à Neven et aux alentours. À chaque fois, nous sommes arrivés trop tard.

Grand-père Yun croisa le regard d'Aénor. Elle ferma les yeux avec tristesse, comprenant sa décision.

— Nessa, tu dois partir.

— Comment ? Enfin, Grand-père, pour aller où ? Il suffirait que je me cache… dans le grenier de la grange, par exemple.

— N'as-tu pas entendu ce que le prince vient de dire ? s'énerva-t-il. Qui sait quelle folie prépare encore Magda ? Cette fée est très dangereuse, je n'en ai que trop fait l'expérience. Elle a déjà enlevé sept filles. Tu dois fuir, sinon, on ne sait ce qu'il pourrait t'arriver !

Conscient de s'être emporté sous l'effet de la panique, il se ravisa et regarda sa petite-fille terrorisée. Nessaora était encore jeune. Elle avait toujours vécu là, aux collines rouges, préservée du danger et des tentations dans le cocon familial. Ses préoccupations se limitaient au désir de rencontrer un riche marchand ou un héritier de Kenaan pour faire un beau mariage. Une enfant douce et naïve dont les seules aventures jusqu'à présent se réduisaient à cultiver des vignes et s'occuper de son frère cadet. Quand bien même elle avait entendu parler des guerres, de Magda et des Wagils, ils ne représentaient pour elle que des histoires. Il avait pourtant essayé de la préparer à la réalité de la vie, lui enseignant la lecture, l'écriture, les langues anciennes, mais aussi à monter à cheval, à nager, et même à tirer à l'arc. Cependant, elle n'était pas prête à affronter une telle épreuve.

— Nao partira avec toi, ajouta-t-il enfin, conscient du poids de sa décision.

L'aîné de la famille n'était pas davantage préparé à combattre les Wagils. Toutefois, du fait de son expérience, sa puissance et son caractère, il était de taille à relever un tel défi. Depuis la mort de son père, c'est lui qui se chargeait des déplacements dans les villes alentour afin de négocier les ventes. Il avait ainsi l'habitude des voyages. À force de travail dans les champs, il avait développé son endurance et sa résistance physique. Enfin, il était très attaché à sa jeune sœur et s'était toujours montré protecteur envers ses parents et amis.

— Qui va s'occuper de la maison, des récoltes, de vous ? s'enquit le garçon, inquiet.

— Je veillerai sur les tiens, affirma son camarade Tilio, attrapant sa fourche, prêt à se battre.

C'est alors qu'un des cavaliers de Sigis, qui s'étaient éloignés afin de monter la garde, revint au galop.

— Monseigneur, ils arrivent, ils seront là dans quelques minutes.

— Ils ont été plus rapides que je ne le pensais, marmonna le prince.

— Alors, ne perdez pas de temps, mes enfants, se résigna le vieux Yun. Prenez notre cheval, voici notre sac de provisions, il vous aidera à tenir un ou deux jours, jusqu'à ce que les événements se calment.

— D'accord, mais où pouvons-nous nous cacher ? À Kenaan ? s'inquiéta Nessaora.

— Non, répondit le prince, c'est trop risqué, le roi Aël y a implanté son campement.

— Partez plus loin vers l'ouest, gagnez les monts de Tenenan, décida Yun.

— Grand-père, intervint Nafaël, et le dragon ?

— Justement, les Wagils aussi le craignent. Les montagnes regorgent de cavernes discrètes, restez-y quelque temps.

Les deux jeunes effrayés embrassèrent en silence leur famille.

— Sois bien sage, souffla la grande sœur à Nafaël.

— Promis, répondit-il, les larmes aux yeux.

— Ne t'inquiète pas, le rassura-t-elle en prenant son visage juvénile entre ses mains, nous serons vite de retour.

— Soyez très prudents, mes amours, soupira Aénor d'une voix voilée et les mains tremblantes.

— Sois sans crainte, maman, je la protégerai, affirma Nao.

— Je sais, mon fils…

Ils s'installèrent silencieusement sur le cheval, lui devant et sa cadette derrière. Adénora s'approcha d'eux et tendit une pierre à Nessa.

— Tiens, dit-elle de sa petite voix, c'est un caillou magique, c'est mon porte-bonheur, il te portera chance.

— Merci, c'est très gentil, j'en prendrai soin et te le rapporterai vite.

— Je pars avec vous, décida Sigis spontanément devant la mine inquiète de la jolie brune, remettant son casque et remontant à cheval.

— Votre Altesse, intervint un de ses hommes, ce n'est pas prudent, votre père ne sait même pas que vous êtes ici et…

— Ne discute pas mes ordres, Solen, soutint-il. Yun a sauvé mon grand-père autrefois, aujourd'hui, c'est à mon tour de l'aider. Vous, repartez prévenir mon père. Nous nous cacherons quelque temps dans les cavernes de Tenenan et, quand les Wagils auront quitté le territoire, nous retournerons à la citadelle.

— Bien, monseigneur.

— Avant de vous retirer, veillez à ce que ces paysans soient en sécurité.

— Oui, sire.

— Maintenant, partons.

Tous regardèrent les trois jeunes gens s'éloigner, sans un mot. Tout était advenu si vite. Le cavalier Solen, cependant, vint rompre le silence.

— Hum... il faut vous protéger des Wagils.

— Alors, il vaudrait mieux qu'ils ne vous voient pas, fit remarquer Yun.

— C'est exact, vieil homme, ajouta le chevalier. Avec mes compagnons, nous nous dissimulerons derrière cette colline et nous n'interviendrons que si cela s'avère nécessaire. Quant à vous, surtout, aucune allusion à la fille. Nous devons leur laisser le temps de prendre un peu d'avance. Continuez de travailler, comme si vous n'aviez pas été interrompus.

Yun acquiesça et tous se remirent à la tâche, en veillant toutefois à rester proches les uns des autres. Les mères avaient gardé près d'elles les deux jeunes enfants. Les soldats du prince se cachèrent comme convenu. Aénor essuya les larmes de son visage. Son fils la vit, il lui prit la main.

— Ça va aller, maman.

Elle le regarda avec tendresse. Soudain, ils entendirent un bruit étrange, comme des sifflements, des corps glissants et se faufilant.

— Ils arrivent, chuchota Yun.

En dehors de lui, aucun d'eux n'avait jamais vu de Wagils. Un nuage de poussière s'éleva. Ils regardèrent, mais ne virent rien. C'est alors que, sortant des vignes, un gros serpent apparut, puis un autre, un troisième, et enfin deux derniers. Ils les entourèrent, les obligeant à se rassembler. L'un se planta devant Yun. Deux grandes pupilles rondes et noires le fixaient. Des crocs menaçants étaient situés à l'avant de la bouche. Il devait mesurer plus d'un mètre de longueur. Sa peau était d'un gris métallique. D'un coup, il se redressa. Tous eurent un mouvement de recul et s'abritèrent d'instinct derrière le vieil homme impassible. Le serpent commença sa transformation : deux bras imposants jaillirent de son corps, sa queue se sépara en deux jambes fermes, sa tête s'arrondit. Il laissa place à un garçon à la peau mate, puissant et robuste. Apeurés, mais fascinés par cette métamorphose, les habitants du petit village ne s'aperçurent pas que les quatre autres reptiles subissaient une mutation semblable. Ils se tenaient debout, immobiles et fiers, le torse nu, vêtus uniquement de braies descendant au niveau du genou, qui, par une magie inexplicable, semblaient être apparues de leur peau de reptile.

— Villageois, annonça le meneur d'une voix grave et effrayante, si vous coopérez, il ne vous sera fait aucun mal.

— Que voulez-vous ? s'enquit Yun.

— Es-tu le chef de cette communauté, vieil homme ? reprit l'homme-reptile.

— Il n'y a pas de « chef » ici, nous sommes tous égaux.

Le Wagil sourit ironiquement.

— Vous n'avez pas répondu à ma question, que voulez-vous ?

— Tu n'as pas peur de moi, n'est-ce pas ? Vu ton âge, je pense que tu nous as déjà affrontés dans le passé et, comme tu es en vie, cela signifie soit que tu t'es enfui et que tu es un lâche, soit que tu étais un redoutable combattant.

Le grand-père ne répondit pas.

— Vu ton audace, je pencherai pour la deuxième hypothèse... tu as dû tuer plusieurs d'entre nous... Je rêverais de te rendre la pareille, mais je ne suis pas là pour ça aujourd'hui. Peut-être une autre fois. Je suis à la recherche d'une jeune fille brune âgée d'une vingtaine d'années.

— Je ne vois pas de quoi vous parlez, affirma Yun sans sourciller.

— Ah... on m'aura donc mal informé. Aka ! Beza !

Deux des hommes tournèrent la tête vers lui, puis, comme répondant à un signal, ils redevinrent des serpents hideux, l'un vert, l'autre jaune, et se glissèrent à travers les allées. Le chef du groupe de Wagils observa les habitants du village un à un. À côté du vieil homme, une femme d'âge mûr, aux cheveux grisonnants, maintenait derrière elle un garçon qui ne devait pas avoir plus de dix ans. Puis à un jeune couple s'agrippait une petite fille blonde. Enfin un adolescent, particulièrement grand et imposant, empoignait sa fourche, prêt à défendre les autres. Les deux serpents Aka et Beza réapparurent enfin. Le vert prit la parole :

— Seigneur Djal, nous n'avons pas vu de fille.

— Vous voyez bien, ajouta Yun.

— En revanche, nous avons constaté des traces de pas de chevaux partant vers l'ouest. Des empreintes récentes.

Le chef Djal se tourna vers le grand-père.

— Alors, vieil homme, qu'as-tu à répondre à cela ?

Il secoua la tête en haussant les épaules.

— Tu refuses de parler ? Soit. *Nye loga !* ordonna-t-il à ses seconds.

C'est alors qu'Aka le cobra jaune se faufila derrière Aénor et s'enroula autour du jeune Nafaël ; dans le même temps, Beza le vert attrapa la petite Adénora, qui se mit à crier :

— Maman !

— Adénora ! supplia sa mère en se jetant sur le reptile.

Le serpent orange derrière elle s'entortilla autour de ses pieds et la fit tomber. Les deux autres poursuivaient leur ascension le long du corps des deux petits jusqu'à les empêcher de respirer.

— Je vous en prie, laissez mon enfant !

— Bien sûr, répondit Djal d'un sourire mauvais, dès que vous m'aurez dit où est la fille brune.

Les deux mères se regardèrent avec effroi. Aucune d'elles ne voulait trahir Nessaora, mais les Wagils avaient bien l'intention de les tuer sans aucune forme de compassion.

— Elle est partie.

Tous se tournèrent vers Yun.

— *Seto*, ordonna le chef.

Les Wagils lâchèrent leur prise.

— Je t'écoute, ajouta-t-il.

— Non, Grand-père, ne dit rien ! hurla Nafaël, je préfère mourir !

Djal se tourna vers lui d'un air mauvais.

— Ne me tente pas, petit homme…

— Laissez-le. C'est sa sœur… elle est partie depuis un moment déjà.

— Où ?

— Vers le sud.

— Le sud ?

— Oui, elle espère rejoindre les glaciers de Bard et demander l'aide des elfes.

— Les elfes ! ricana Djal. Croit-elle vraiment que les elfes vous aideront ? Si toutefois elle parvient à traverser le Gouffre...

Les autres Wagils se mirent à rire. Le chef s'approcha de Yun et passa sa main autour de son cou le soulevant de terre.

— Écoute-moi bien, vieillard : les elfes ne me font pas peur, toi non plus d'ailleurs. Je vais envoyer deux de mes hommes vers le sud, ils ne devraient pas tarder à la rattraper. Quant à toi, j'espère que tu ne m'as pas menti, car, sinon, nous reviendrons te voir, et rien ne pourra sauver ton petit-fils qui tient tellement à mourir. As-tu compris ?

Yun hocha de la tête. Djal le relâcha. Le grand-père s'écroula à terre.

— Aka ! Beza ! *Nye muto* ! Vous deux ! Avec moi ! Nous partons pour le campement.

Ses pupilles noires s'arrondirent. Ses bras se rétractèrent à l'intérieur de son corps. Il redevint un serpent gris effrayant et s'en alla en direction de Kenaan. Aénor se précipita vers son père, l'aidant à se relever. Rik la suivit.

— Merci... pour Adénora... J'espère que Nao et Nessa parviendront à leur échapper.

— Ils sont partis vers le sud, ça devrait leur laisser un peu de temps...

— Et nous, qu'allons-nous devenir ? s'enquit Tilio. Quand les Wagils se rendront compte que tu leur as menti, ils vont revenir nous tuer !

C'est alors que, surgissant de la colline voisine, les quatre chevaliers du prince Sigis apparurent.

— Ah ! Vous voilà ! s'énerva le père d'Adénora. Où étiez-vous ?

— Nous étions cachés, comme convenu.

— Mais vous n'avez pas vu que ma fille était en danger ? Pourquoi n'êtes-vous pas intervenus ?

— Ne t'énerve pas, Rik, coupa Yun, ils ont eu raison de ne pas se montrer, cela n'aurait fait qu'aggraver la situation. Nous sommes tous en vie, non ?

— Oui, mais pour combien de temps ?

— Nous allons vous escorter à la citadelle, décida celui que le prince avait appelé Solen. Pressons-nous, avant que les Wagils ne reviennent.

— Aurons-nous seulement le temps d'arriver ? demanda Aénor avec crainte.

— Il le faudra bien, madame.

Chapitre 2

Sur les routes d'Idrasil

Ils chevauchaient depuis plusieurs heures maintenant. Comme ils galopaient à vive allure, le vent fouettait leurs visages. Descendus des collines rouges, ils avaient d'abord suivi le chemin en terre bordé de grands pins menant à la cité de Kenaan. À l'horizon, les silhouettes des monts Tenenan les fixaient. Puis les trois cavaliers, par prudence, avaient quitté les sentiers battus pour traverser les champs de blé. À leur passage, les hautes herbes leur griffaient les jambes. Il existait autrefois une route sûre et aménagée pour rejoindre les montagnes, mais, n'étant plus fréquentée depuis près de cinquante ans, elle avait en partie disparu. Ils passèrent à proximité d'un champ de graisilles, ces petites fleurs violettes au parfum délicat et au goût sucré dont raffolaient les Idrasiliens. Elles ne poussaient que dans les terres gorgées de soleil du sud d'Idrasil et de nombreux marchands de Kenaan vivaient de l'importation de ces fleurs. Nessaora huma une bouffée de l'air parfumé entourant le champ et se rappela les tartes aux graisilles préparées par sa mère les jours de fête. Une angoisse, soudaine, teintée de mélancolie s'empara d'elle et elle se serra davantage contre son frère, stoïque.

Dans cette région peu fréquentée du royaume, les prairies s'étendaient à perte de vue. Au début, il s'agissait surtout de cultures de céréales sur des terres appartenant aux grandes familles de la ville. Mais plus ils s'approchaient de la vieille montagne aux sommets arrondis par l'érosion, plus les étendues paraissaient laissées à l'abandon. La nature y reprenait ses droits. Ils ne croisèrent que peu d'animaux, hormis quelques brebis et moutons en pâturage. Le vert jauni de l'herbe séchée par le soleil contrastait avec le vert plus sombre des buissons dispersés dans le paysage. Dans le silence, on n'entendait que le claquement des sabots des chevaux sur la terre sèche et craquelée par endroits. Ils suivirent un temps le lit d'une rivière presque asséchée bordée de peupliers, à l'abri des regards. Puis ils furent contraints de bifurquer pour éviter un monticule de pierres sur lequel se dressait une vieille statue représentant un cerf immense, emblème majestueux à la gloire d'Idrasil. Le prince stoppa sa monture devant le monument détérioré par les ravages du temps et des tempêtes : l'un des bois de l'animal s'était brisé à terre et la statue était recouverte de mousse.

— Autrefois, cette sculpture guidait les ambassadeurs venus d'Eona. À l'époque, pas si lointaine, où l'entente entre nos deux peuples était encore cordiale, ils préféraient contourner les montagnes par le sud, expliqua-t-il.

— Que s'est-il passé ? demanda Nao, constatant les nombreux débris de pierre et la végétation dense.

— La guerre entreprise par Magda et Aël a suivi son chemin inexorable vers la haine et le chaos, et les peuples autrefois unis se sont ligués les uns contre les autres. Il y a bien longtemps que les ministres nains ne nous rendent plus visite. Poursuivons, nous ne devons plus être très loin.

Ils firent le tour de l'amoncellement: devant eux se dressaient enfin les formes sombres des montagnes menaçantes. Au pied des monts, une forêt, désertée depuis bien trop longtemps par les hommes et les bêtes, baignait dans un silence lugubre. Le ciel bleu sans nuage commençait à décliner en cette fin de journée. L'azur offrait une palette de rouge orangé. L'air rafraîchissait.

Au crépuscule, ils étaient parvenus au sentier menant au sommet de la première montagne. L'atmosphère était aussi sinistre que le relief. Ce massif peu élevé servait pour la transhumance aux éleveurs de Kenaan. Il recelait de petites cavernes qui, disait-on, auraient abrité les premiers hommes d'Idrasil. Mais des forces maléfiques avaient amené le dragon Anir. Il avait élu domicile dans la plus haute grotte. Il avait brûlé toute la végétation aux alentours et repoussé animaux et éleveurs. Quelques rares combattants téméraires s'étaient risqués à le chasser, mais aucun n'était jamais revenu. Alors, au fil des ans, les Idrasiliens avaient fini par déserter ces lieux, laissés à l'abandon. De temps à autre, les paysans de Kenaan entendaient un rugissement, mais le monstre ne sortait que rarement de sa cachette.

— Il fait trop sombre pour continuer, nous devons trouver un abri, déclara le prince en mettant pied à terre.

Il enleva avec soulagement le casque qui lui avait tenu chaud tout l'après-midi.

Nao, perplexe, jeta un coup d'œil aux alentours et ne vit que des bois obscurs et désolés.

— Que proposez-vous ?

Sigis désigna une petite ouverture dans la roche.

— Mais, rétorqua la jeune fille, ne dit-on pas que le dragon Anir vit ici ?

— D'après ce que je sais, jeune demoiselle, il a choisi la cachette la plus haute et la plus inaccessible, pour ne pas être dérangé sans doute, déclara-t-il en pointant du doigt une autre ouverture tout en haut de la montagne. Ou peut-être y cacher un trésor...

Ils attachèrent les chevaux à un solide tronc d'arbre et se dirigèrent vers l'entrée de la grotte. Ce n'était en réalité qu'une petite cavité creusée dans la paroi rocheuse, et par laquelle on s'introduisait par une fente mince. L'endroit peu éclairé était sordide et peu confortable. La jeune fille effrayée s'assit sur la pierre grise et froide en se pelotonnant.

— Ne pourrions-nous pas allumer un feu pour nous réchauffer ? proposa-t-elle en tremblotant.

— D'accord, approuva Sigis, mais, dès que la nuit sera plus avancée, il serait plus prudent de l'éteindre, car, si les Wagils sont à notre poursuite, nous serions facilement repérés.

Nao, téméraire et toujours silencieux, sortit quelques instants ramasser des branchages, ce qui ne lui causa pas trop de difficultés étant donné l'état pitoyable de la forêt environnante. Revenu près de sa sœur, il frappa deux silex l'un contre l'autre, provoquant quelques étincelles, suffisantes pour déclencher un foyer. Les trois fugitifs s'installèrent autour des flammes.

Sigis retira sa lourde armure afin d'être plus libre de ses mouvements ; toutefois, il garda sa cotte de mailles et sa chemise aux armoiries royales. Nessa, les pieds gonflés par la chaleur et le voyage, retira ses sandales de cuir. Elle leva les yeux vers le séduisant jeune homme aux cheveux châtain clair dont les joues étaient colorées par l'effort. Le seul garçon de son âge qu'elle avait vu jusqu'à présent était son voisin Tilio, et quelques marchands de passage venus goûter au vin des collines rouges. Jamais encore elle n'avait rencontré un membre si important de la famille royale et sa beauté autant que sa prestance l'intimidaient. Il croisa, sans le vouloir, son regard admiratif et lui sourit. Elle baissa la tête, rougissante. Perdu dans ses pensées, Nao n'avait rien remarqué ; il ouvrit le sac de provisions donné par son grand-père. Il contenait du pain, un peu de fromage, des fruits, une gourde d'eau. Ils partagèrent ce maigre repas en silence.

— Nous ne vous avons même pas remercié pour votre aide, prince, commença timidement Nessaora, brisant le silence pesant qui s'était installé.

— C'est le rôle d'un seigneur que de protéger ses sujets.

— Pourtant, vous aviez certainement d'autres sujets à protéger.

Sigis lui sourit à nouveau. Il était sous le charme de cette jeune fille magnifique à la douceur naïve et fragile.

— Il est vrai… mais peu d'entre eux sont issus d'une famille de grands combattants.

— Vous dites que notre grand-père était un remarquable chevalier ? s'enquit Nao, sortant enfin de son mutisme habituel.

— Et l'un des meilleurs que l'armée de mon aïeul ait connu ! Il était un vrai héros pour lui. Il résidait avec nous, à la citadelle. Cependant, à la fin de la guerre, Yun a préféré retourner vivre près des siens.

— Étiez-vous déjà venu à Tenenan ? questionna la jeune fille, le corps frémissant à la seule pensée de l'obscurité environnante.

— Avec mes hommes, nous avons maintes fois parcouru les immenses plaines de notre royaume jusqu'aux frontières, mais j'avoue ne jamais m'être aventuré dans ces montagnes sombres et désertées. La peur du dragon, sans doute.

— Je ne pensais pas que le mot « peur » appartenait votre vocabulaire, confia-t-elle, charmée, vous paraissez si courageux.

— L'homme sans peur n'a pas de courage, ma dame.

Ils restèrent un moment silencieux, les yeux fixés sur les flammes dansant joyeusement.

— À votre avis, continua Nessaora, que cherche Magda aux jeunes filles emprisonnées ?

— Qui sait ce qu'elle a en tête ? répondit Sigis. Encore un de ses maléfices de fée.

Ils furent alors interrompus par un énorme rugissement. Le corps de Nessaora se tétanisa en un instant, oubliant même de respirer.

— Anir, chuchota Sigis, affolé.

Il attrapa la gourde et versa le reste d'eau sur le feu pour l'éteindre.

— Vous pensez qu'il a senti notre présence ? souffla Nao.

Sans répondre, le prince se glissa à l'entrée de la caverne et observa le haut de la montagne. Dans l'ouverture aperçue dans la soirée, il vit avec effroi la gueule du dragon soufflant de la fumée à travers ses naseaux. Puis ce dernier recula. Sigis se tourna vers ses camarades.

— Je ne pense pas qu'il nous ait vus. On dirait plutôt qu'il a senti quelque chose approcher. J'espère que ce ne sont pas des Wagils. Nous devrions dormir un peu et partir à la première heure.

— Encore ? protesta Nessa, où allons-nous nous cacher cette fois ?

— Je… je ne sais pas. Reposez-vous, je monte la garde.

— Réveillez-moi quand vous sentirez la fatigue, ajouta Nao, prévenant, je vous remplacerai.

Nessaora s'allongea sur le roc dur et froid. Son frère lui porta la couverture qui se trouvait sur Flam, leur cheval. Elle lui sourit. Elle sentit un objet ferme sous sa cuisse. Elle se souvint du caillou donné par la petite Adénora. Le sortant de sa poche avec tendresse, il se mit à briller.

— Magnifique ! Une pierre poussière d'étoile, murmura-t-elle en souriant.

— On raconte qu'elle illumine les rêves, lui répondit Sigis, et qu'elle éclaire les jours les plus sombres. C'est un beau cadeau que l'on vous a fait là.

La serrant contre son cœur, la jeune fille s'endormit.

***

Exténués, les habitants des collines rouges, accompagnés des quatre chevaliers du roi, arrivèrent enfin aux portes de Neven à la nuit tombée. Ils n'avaient pas voulu emprunter la route principale, appelée la route des Grands Pins, avaient préféré contourner le lac du Trou béant par le sud et serpenter à travers les petits chemins de terre tortueux, faisant ainsi un détour de plusieurs kilomètres sur des sentiers peu ombragés. Les deux familles ne possédaient, hélas, pas de chevaux, hormis le brave Flam avec lequel Nao et Nessaora étaient partis. Trois des cavaliers avaient donc laissé leur monture aux jeunes enfants et au plus âgé du groupe, Yun. Le quatrième les devançait pour repérer la route. Les autres avaient ainsi marché tout l'après-midi sous un soleil ardent et plusieurs haltes avaient été nécessaires. Ils s'arrêtèrent une fois près du lac pour se rafraîchir. En cette période estivale, le niveau de l'eau avait considérablement baissé. La plupart des paysans de Neven l'utilisaient pour leurs cultures. Les chevaux approchèrent de la surface sur les rives sableuses encerclées de joncs et en profitèrent pour se désaltérer. Les femmes et les hommes trempèrent leurs mains dans le liquide tiédi par le soleil et portèrent l'eau jusqu'à leur visage rougi.

Plus ils descendaient au sud, plus la frontière de Tanis et ses déserts brûlants se rapprochaient dangereusement. Ils sentaient que l'atmosphère se réchauffait. Nafaël, désirant se montrer à la hauteur du courage de son frère, ne voulait pas laisser paraître le moindre signe de fatigue et se tenait dignement sur sa monture en rassurant sa petite camarade.

L'entrée principale de Neven se situait à l'est d'un haut mur d'enceinte, au bout d'une route pavée. Une autre ouverture plus petite existait plus au nord, près de la rivière Tekla, mais servait surtout pour apporter l'eau plus facilement dans la ville et demeurait fermée la plupart du temps.

— Il est trop tard pour atteindre la citadelle ce soir, nous allons passer la nuit ici, conseilla Solen, le chef du groupe.

Il frappa à la lourde porte. Le veilleur de nuit fit glisser la trappe. Dès qu'il aperçut les couleurs du roi Enoghat sur les armures des chevaliers, il déverrouilla aussitôt la serrure.

— Entrez, entrez vite, chevaliers. Qui sont tous ces gens ?

— Ils fuient les Wagils, se contenta de répondre Solen.

— Ah, maudits soient les hommes-serpents ! Ces monstres sont venus ici ce matin et ont enlevé sept de nos filles…

— Je sais, veilleur, mais n'ai crainte, je doute qu'ils se présentent à nouveau ce soir. Où pouvons-nous passer la nuit ?

— Il y a bien l'auberge, pourtant, si vous voulez être discrets, je ne vous la conseille pas. J'ai foi en mon roi et mon armée, mais, ici, les gens parlent. Ils pensent que leur seigneur n'a rien fait pour les protéger. Voici mon fils Elar, il va vous conduire jusqu'à notre grange. Ce ne sera certes pas très confortable, mais il y aura de la place pour tout le monde.

— Merci pour ton aide, brave homme.

Le groupe se tourna vers le jeune au physique plutôt disgracieux. Il était petit, grassouillet, et son abondante chevelure assez négligée. Pourtant, son visage rond aux joues rebondies et colorées et ses grands yeux malicieux lui donnaient un air chaleureux. La mine souriante, ravi de rendre service, Elar partit devant d'un pas décidé, suivi de Solen, des paysans et des trois autres cavaliers. Les rues étaient sombres et désespérément désertes. Les habitants de Neven, réfugiés dans leur demeure après les événements de l'après-midi, avaient barricadé portes et fenêtres. On entendait parfois, passant devant une bâtisse, des cris et des pleurs occasionnés par la disparition des jeunes filles. Le cœur d'Aénor se serra à la pensée de ses enfants.

Les villageois des collines rouges s'installèrent comme convenu dans la grange. Le garçon un peu gauche, mais très serviable, leur apporta des bougies, des couvertures et de quoi se restaurer. Il écoutait avec envie les récits chevaleresques de la journée des soldats du roi. Ces derniers avaient ôté leurs casques et Aénor put enfin découvrir le visage de leurs sauveurs.

Le premier, celui qui prenait les décisions, se prénommait Solen. Aénor découvrit, au cours d'une conversation, que ses parents, artisans à la cour du roi, étaient morts durant sa prime enfance. Par compassion, le roi Aghar l'avait recueilli et il avait été élevé et formé au combat par les gardes de la citadelle en même temps que le prince Sigis lui-même. Ils étaient depuis inséparables, comme des frères. En le voyant, Aénor se dit qu'il devait avoir le même âge que Nao, peut-être un peu plus âgé. La cuirasse de son armure lui donnait une carrure imposante. Son air souriant et les traits agréables de son jeune visage imberbe le rendaient vraiment sympathique ; ainsi, sa seule présence dans cette grange sombre était réconfortante.

Assis à sa droite sur une botte de foin, le deuxième chevalier, dont Solen semblait être très proche, avait pour nom Kaïm. Avec sa barbe courte, il était certainement le plus âgé. Plus grand que son ami, sa peau était foncée, et ses cheveux noirs bouclés tombaient sur son front haut. Il ressemblait aux natifs du royaume de Zakia. Le regard vif de ses yeux sombres reflétait une profonde sensibilité et une grande intelligence. Comme il se montrait plutôt discret, Aénor n'apprit pas grand-chose de son histoire au cours de cette soirée. Malgré son air mystérieux, il souriait d'une large bouche et son visage rayonnait à chacune des plaisanteries lancées par ses amis.

Devant eux, le troisième amusait la compagnie de ses bouffonneries. Comme la grande majorité des chevaliers du royaume, Aslin était le fils de l'un des gardes du roi. Son esprit rebelle et frondeur l'avait souvent poussé à désobéir à l'autorité paternelle, et il avait accepté avec enthousiasme d'intégrer la garde personnelle du prince Sigis, amateur d'aventures. Contrairement aux deux autres, il n'était pas très épais et sa carrure n'avait rien d'impressionnant. Toutefois, il était agile, souple et rapide. Son visage au teint rose et frais, aux traits encore enfantins, s'illuminait chaque fois que l'un de ses camarades réagissait à ses histoires drôles.

Enfin, le dernier, affalé à terre, avalant un morceau de pain sec, était Aban. À l'inverse de ses amis, il était timide et peu sûr de lui. Il devait être le plus jeune. Il portait un regard admiratif sur les trois autres, en particulier sur Solen. La longue marche de la journée l'avait épuisé, mais il tâchait de garder l'air noble devant ses compagnons et de se montrer ainsi digne de faire partie, lui aussi, de l'armée du prince. Très serviable, il se leva plusieurs fois pour aider les paysans à s'installer le plus confortablement possible.

Tilio, l'aîné de la famille Paol, s'était approché du groupe et écoutait avec passion les récits des soldats. Il avait souvent entendu les histoires de Grand-père Yun quand il était enfant, mais celles-là lui paraissaient plus réelles. Après une franche rigolade à propos du jour où Aslin était tombé de cheval pendant un entraînement à la joute, Solen tapa amicalement dans le dos massif du colosse à côté de lui :

— Mon ami, en voilà une solide carrure ! Nous aurions bien besoin d'une force comme la tienne dans nos rangs !

— Merci, chevalier, répondit Tilio modestement. Vous savez, les travaux des champs ne sont pas de tout repos. Mes parents adoptifs commencent à vieillir, alors je m'occupe souvent seul du domaine.

— Tu entends cela, Aban ? répliqua Aslin qui ne perdait pas une occasion de se moquer de l'allure chétive de son compagnon, nous aurions dû t'envoyer aux champs plutôt que dans les salles de bal de la citadelle !

Le plus jeune, amusé, secoua la tête sans un mot pendant que les autres riaient.

— Tes parents adoptifs, dis-tu, poursuivit Solen, tu ne viens donc pas des collines rouges ?

— Mes parents étaient de Kenaan, mais ils sont morts quand j'étais encore fort jeune, raconta-t-il. Alors, on m'a confié à des cousins de ma mère, de riches propriétaires terriens de la branche des Paol. Ils ont pourvu avec soin et bienveillance à mon éducation et à tous mes besoins. Je leur dois beaucoup. Maintenant qu'ils n'ont plus la même vigueur qu'auparavant, c'est moi qui suis responsable des vignes.

— Ah, les vignes des collines rouges ! s'exclama Aslin en levant son verre vide. Un vin inimitable ! Elar, mon garçon, reste-t-il encore une bouteille ?

— Je crains que vous n'ayez déjà tout bu, seigneur Aslin, répondit timidement le fermier.

— Bon, se résolut le chevalier déçu, il est peut-être temps de dormir alors.

— Certainement, approuva le chef du groupe, d'autant plus que nous avons encore une longue route à parcourir demain.

Observant les soldats de ses grands yeux admiratifs, le petit Nafaël, épuisé, sombra dans un sommeil profond sur les genoux de sa mère. Alors que cette dernière le regardait dormir tendrement, elle repensa à Nao et Nessaora. Ses enfants étaient toute sa vie et, à cette heure, les deux grands étaient partis loin d'elle, confrontés au danger, perdus dans la froideur des montagnes, à la merci des pires prédateurs d'Adara. À cette pensée, Aénor serra plus fort le dernier qui dormait sur ses genoux. Il grogna, remua légèrement en faisant la moue. La mère sourit et l'embrassa sur le front. Malgré la tristesse et la peur qui la gagnaient, elle voulait rester digne devant ses amis et son fils. Yun, qui devinait son chagrin, s'approcha de sa fille et lui prit la main :

— Tout ira bien pour eux, ne t'en fais pas.

— C'était inévitable, n'est-ce pas ?

Le vieil homme acquiesça. Il caressa les cheveux de son petit-fils.

— Repose-toi ; demain, d'autres obstacles nous attendent.

Chapitre 3

Le seigneur des Wagils

Le roi Aël avait installé son campement près de la ville de Kenaan, dans les plaines du Bertil, à l'endroit même où le fleuve Eava dessinait une courbe vers l'ouest avant de reprendre son cours vers les mers éternelles. Le terrain était plat, ce qui permettait aux sentinelles de surveiller les alentours sans gêne. Comme à l'accoutumée, sa tente dressée en premier se trouvait au milieu des autres, selon un schéma bien défini. Un tonneau ouvert à l'entrée permettait de récupérer l'eau de pluie. Djal n'eut aucun mal à la reconnaître : c'était la plus grande de toutes. Il se dressa dans l'entrebâillement, suivi des deux soldats Aka et Beza, revenus bredouilles de leur mission :

— Seigneur Aël ?

— Djal ? répondit une voix grave.

— *Ele, Dibe.*

— Entre...

Des tapis, privilège du commandement, avaient été posés au sol. Djal constata que les domestiques avaient déjà installé les quelques meubles nécessaires à son bien-être : un coffre fermé, des coussins et couvertures pour la nuit, une table entourée de deux caisses servant de sièges. Le tout était chauffé au centre par un grand bassin de cuivre à pieds, rempli de charbon ardent. Près de lui se tenait le roi Aël, ce grand conquérant redouté des royaumes voisins. Comme tous les Wagils, il vivait torse nu, simplement vêtu d'un pantalon court et large. Le sien portait les couleurs rouge et noir de ses écailles lorsqu'il se transformait en reptile. Sa peau parfaitement lisse était intensément sombre. Un cobra tatoué, plus foncé que son épiderme, parcourait son dos. Son crâne soigneusement rasé et ses muscles saillants le rendaient terrifiant. Âgé de plus de soixante ans, il avait l'air d'en avoir trente de moins, ce qui était la particularité des Wagils : le temps n'avait pas d'emprise sur leur corps et ils semblaient ne jamais vieillir. Pouvant vivre jusqu'à plus de cent ans, ils mouraient le plus souvent jeunes, en combattant ou en chassant. Il se tourna vers ses soldats et les fixa de ses grands yeux obscurs comme la peau des panthères des déserts de Tanis.

— Quelles nouvelles m'apportes-tu ?

— Nous nous sommes rendus comme convenu aux collines rouges, mais…

— Mais quoi ?

Djal déglutit avec difficulté. Alors qu'il pouvait terroriser des populations entières, il se sentait impuissant devant cet homme si craint et respecté.

— La fille était déjà partie, quelqu'un les a prévenus. Je vous prie de me pardonner, seigneur. J'ai échoué.

Il s'agenouilla devant son maître.

— Où est-elle allée ?

— On nous a raconté qu'elle fuyait pour chercher l'aide des elfes de Bard. Alors, j'ai envoyé Aka et Beza, mais sans succès. Ces paysans se sont joués de nous, avoua-t-il en baissant la tête avec respect, imités des deux autres.

Le roi se retourna vers eux et les dévisagea. Il était impossible de savoir ce qu'il pensait, tant son visage pouvait demeurer impassible. Il s'avança enfin et prit son disciple par les épaules.

— Aucun de mes soldats ne m'est plus fidèle que toi, Djal. Relève-toi.

— Merci pour ta bonté, maître.

— Toutefois, il faut retrouver cette fille avant que Magda ne l'apprenne...

— Voulez-vous que je retourne aux collines rouges interroger les paysans ?

— S'ils ne sont pas idiots, ils seront déjà partis. Mais, tu as raison sur un point, ils se sont moqués de nous. Ils seront punis pour cela : Aka ! Beza !

— Oui, seigneur ?

— Retournez-y. *Meyà Kola,* Brûlez tout.

— *Ele, Dibe.*

Les deux lieutenants transformés en reptiles se glissèrent hors de la tente. Aël s'approcha de la table où une carte du royaume avait été étalée :

— Où crois-tu qu'elle se cache ?

Djal le rejoignit et montra les lieux sur la carte.

— La citadelle d'Enoghat est assez éloignée. Nous sommes déjà allés à Neven et notre campement est situé trop près de Kenaan pour qu'elle ait tenté de s'y rendre. Si elle n'est pas allée vers le sud, elle ne pouvait aller qu'à l'ouest.

— Vers les monts Tenenan…

— Et le dragon…

— Crains-tu Anir, Djal ?

— Non… enfin… on raconte tellement de choses à son sujet…

— Prends des hommes, autant que tu le juges nécessaire, ramène-la-moi, où qu'elle soit. Mais ne rentre pas sans elle.

— Bien, mon seigneur.

Il sortit sans un bruit. Le grand homme resta immobile et silencieux quelques instants quand, soudain, un souffle d'air chaud envahit la pièce, balançant les tentures de l'entrée.

— Magda, chuchota Aël sans se retourner.

— Bonsoir, mon seigneur, chanta une voix douce.

Le chef des Wagils sentit une main chaude et féminine parcourir son dos musclé. Il tourna la tête et la vit apparaître : la fée de Tanis, la reine du feu, celle qui partageait sa guerre et son lit depuis tant d'années déjà. Son talisman autour du cou, elle était en pleine possession de ses pouvoirs. Elle illuminait l'espace autour d'elle. Sa longue chevelure blonde, fine et soigneusement peignée descendait sur sa robe de velours pourpre, ouverte dans le dos pour laisser la place à deux ailes rouges, délicates et transparentes.

— Que viens-tu faire ici ? s'enquit-il, je pensais qu'Idrasil était devenue trop ennuyeuse pour toi.

— C'est vrai, répondit-elle en le contournant, mais à quoi bon posséder un aussi grand royaume si l'on ne peut en profiter ?

Sa démarche légère et élégante lui donnait une allure enchanteresse. Elle sourit. Il ne put s'empêcher d'apprécier, une fois encore, le contour de ses lèvres rouges et sensuelles. Malgré son air orgueilleux, elle possédait une beauté envoûtante et mystérieuse ; ses yeux bleus étincelaient sur son visage clair et frais. Son expression à la fois vive et impénétrable trahissait une intelligence cruelle et redoutable.

— Serais-tu inquiet pour moi ?

— C'est pour mes hommes que je m'inquiète, renchérit-il froidement.

— Et tu as bien raison, car si la septième fée existe, comme l'a annoncé la divinatrice, alors ton peuple court un réel danger. D'où ma présence ici : qu'en est-il de notre petite affaire ?

— Nous avons attrapé les jeunes filles brunes d'Idrasil âgées de vingt ans, comme tu nous l'as indiqué.

— Où sont-elles ?

— Dans une cage, dans le camp.

— Bien surveillées, j'espère ?

— Douterais-tu de mon armée ?

— Bien, allons voir cela.

Ils sortirent de la tente et traversèrent le campement. La nuit était tombée. Seule la lune, dans son premier quartier, les éclairait. La plupart des Wagils dormaient, les autres, à l'exception de ceux envoyés en mission, montaient la garde à différents endroits. En marchant, Magda les observait. Les Wagils, un peuple si fort, si effrayant, mi-hommes, mi-serpents. Ils savaient adapter leur morphologie à leur besoin immédiat. Pour se déplacer, ou pour chasser, leur apparence de serpent leur permettait de gagner de la vitesse sans se faire repérer. Ayant alors une très mauvaise vue, leurs quatre autres sens étaient particulièrement bien développés. Ils pouvaient repérer une proie grâce au son de sa voix, à son parfum, ou encore au déplacement de l'air, ce qui les rendait redoutables. Toutefois, pour communiquer, ou quand il s'agissait de profiter des plaisirs de la vie, ils reprenaient une apparence humaine. Ils pouvaient survivre dans n'importe quelle région, à l'exception des plus froides. Les Wagils n'étant que des mâles, il leur fallait trouver des femelles serpent ou des humaines pour se reproduire. Les enfants mâles étaient gardés par l'armée, chargée de leur éducation militaire ; les femelles, laissées à leur mère.

La fée Magda ressentit un léger pincement au cœur à cette pensée. Toutes ces années passées près du seigneur Aël, elle avait espéré enfanter un successeur mi-fée, mi-wagil, un être qui aurait été si puissant qu'il aurait surpassé toutes les autres créatures. Mais le destin en avait décidé autrement. Tandis que son roi se reproduisait chaque année avec des femelles serpent sans pouvoir compter tous les enfants qu'il avait, Magda, malgré tous ses pouvoirs, n'avait jamais réussi à donner naissance. La divinatrice Akem lui avait expliqué que, tant qu'elle ne renoncerait pas à son don, elle ne pourrait engendrer un être ; car les fées avaient été créées par les forces supérieures pour aider les humains, et non les imiter. Elles étaient au-dessus des lois de la nature : immortelles, elles ne vieillissaient pas, mais ne pouvaient non plus se reproduire. Toutefois, la fée qui rendrait son talisman à la Terre mère embrasserait alors le destin des êtres vivants. Pour Magda, il n'était pas question de devenir une simple mortelle, tant pis s'il fallait renoncer au désir brûlant d'avoir un héritier.

Ils arrivèrent tous les deux devant la cage des jeunes captives, douze brunes, effrayées, tremblantes de peur, serrées les unes contre les autres, comme si cela pouvait les protéger. Magda posa ses mains sur les barreaux :

— Alors, mesdemoiselles, laquelle d'entre vous est...

Elle marqua une courte pause, surprise elle-même de ce qu'elle allait dire.

— ... la septième fée ?

Les prisonnières la regardèrent sans comprendre. Magda se retourna vivement vers le roi Aël :

— Qu'on fasse venir la divinatrice ! Elle seule pourra me dire laquelle je dois tuer.

Le seigneur ne répondit rien, il lança simplement un signe de tête à l'un de ses hommes postés devant la cage. Celui-ci comprit l'ordre, acquiesça, et partit s'acquitter de la mission dont on l'avait chargé.

***

Djal avait pris quatre hommes. C'était suffisant selon lui. D'après Beza, deux chevaux avaient pris la fuite des collines rouges. Ils étaient donc deux humains, trois tout au plus, dont une jeune fille. Pas de quoi faire peur aux Wagils. Seulement, Anir le dragon était totalement imprévisible. Créature préférée de Magda, elle avait fini par s'en débarrasser à Idrasil, car elle-même ne parvenait pas à le contrôler quand il était encore gardé au palais des Flammes à Tanis. Dans la nuit, les cinq serpents avançaient en silence, frôlant le sol entre les herbes hautes et les buissons. Les monts Tenenan apparurent devant eux. En haut de la montagne, quelque chose s'agitait.

— *Seto*, siffla-t-il entre ses crochets acérés.

Les quatre autres s'arrêtèrent. Djal reprit son apparence humaine afin de pouvoir observer ce qu'il se passait. Dissimulé derrière un arbre au tronc large, il vit la tête du dragon dépasser de l'entrée de la grotte. Un grognement se fit entendre.

— Il nous a repérés. Nous, ou… ceux que nous cherchons.

Il scruta les montagnes, mais, dans la nuit noire, ne vit rien de probant.

— Vous pensez qu'ils sont là ? intervint discrètement un Wagil nommé Alim.

— Je ne sais pas. À cette distance, dans l'obscurité, nous ne voyons rien. Nous devons nous approcher.

— Nous te suivons.

Ils reprirent alors leur apparence de serpent, tandis que de nouveaux rugissements éclataient dans l'ombre.

***

Nao s'éveilla en sursaut. Il aperçut aussitôt Sigis devant l'entrée de la caverne.

— Qu'est-ce que…

— Le dragon s'agite, cela ne peut signifier qu'une chose…

— Quoi ? demanda-t-il tout en craignant la réponse.

— Les Wagils sont là.

Il attrapa son épée à terre et se dirigea vers Nessaora pour la réveiller en posant délicatement sa main sur son bras nu.

— Où voulez-vous aller ? s'enquit le frère. Si les Wagils sont devant les montagnes comme vous le dites…

— Alors, nous devons monter.

Les deux autres le regardèrent avec effroi.

— Nous avons le choix entre des hommes-serpents, dont nous ne savons pas le nombre, et un dragon… Je connais les techniques du combat des Wagils. Nous avons certainement plus de chance d'échapper au monstre ailé.

La jeune fille se leva aussitôt, déterminée.

— Allons-y, Nao.

Ils sortirent et empruntèrent le chemin tortueux menant au sommet. Le vent se levait, rendant la montée encore plus difficile. Sigis était passé en tête. Il n'avait pas eu le temps de remettre son casque ni son armure, il lui fallait donc fuir avec sa seule cotte de mailles sous sa chemise bleue ornée du cerf doré. Dans le souci de protéger sa jeune sœur, Nao l'avait placée entre le prince et lui, fermant ainsi la marche. Dans la précipitation, Nessa n'avait pas pensé à remettre ses chaussures et les cailloux lui blessaient horriblement les pieds. Toutefois, elle se sentait responsable vis-à-vis de son frère et du prince qui risquaient leur vie pour elle. Alors, elle essaya du mieux qu'elle pouvait de ne pas les ralentir et continua d'avancer malgré tout. Parvenus tant bien que mal vers le milieu du chemin, ils entendirent un hennissement.

— Flam…, chuchota Nessa en pensant au beau cheval blanc de son grand-père.

— Ne vous inquiétez pas pour lui, répondit Sigis, les hommes-serpents ne sont pas trop friands de chevaux… En revanche, ils ont peut-être trouvé notre caverne, et ne vont pas tarder à nous rattraper. Accélérons !

Le chemin se révélait de plus en plus difficile à suivre dans la nuit. Comme il n'avait pas été emprunté depuis au moins une cinquantaine d'années, personne ne l'avait entretenu, et il avait subi les aléas de la nature : vent, pluie, orage, mais surtout les flammes du dragon. On retrouvait çà et là des restes de branches calcinées. À un moment, un énorme tronc d'arbre leur avait barré la route. Il leur avait fallu l'escalader, non sans mal pour la jeune fille. Trois bonnes heures avaient dû s'écouler lorsqu'ils aperçurent enfin la caverne d'Anir.

— Et alors ? demanda Nao, dubitatif, en observant derrière son épaule si leurs ennemis ne les avaient pas déjà rejoints, où allons-nous maintenant ?

— Il faut rentrer dans la grotte, décida le prince.

— Quoi ? s'étonnèrent le frère et la sœur, abasourdis.

— C'est du suicide ! ajouta Nao.

— Si nous parvenons à entrer sans qu'il nous voie et à nous réfugier tout au fond, les Wagils n'oseront jamais monter jusqu'ici...

— Et comment peut-on rentrer « sans qu'il nous voie » ? s'inquiéta Nessaora.

— En créant une diversion...

Tout en prononçant ses paroles, le beau blond courageux attrapa un caillou et le jeta loin de leur emplacement. Ils attendirent. Rien ne se produisit.

— Cette pierre était bien trop petite, expliqua Nessa, le dragon ne l'a même pas entendue !

Elle en saisit une à son tour, plus grosse, et la lança de toutes ses forces. Cette dernière rebondit, en heurta d'autres, provoquant un petit éboulement dans un bruit assourdissant.

— Bravo, chuchota le chevalier.

Un énorme rugissement se fit alors entendre : en quelques secondes, le dragon apparut. Dans la nuit obscure, les trois compagnons ne distinguèrent que sa silhouette sombre et effrayante. Les pierres autour de lui tremblaient sous le poids de ses quatre pattes massives. De la fumée grise s'échappait de ses naseaux. Sa gueule effroyable paraissait crispée, laissant découvrir sa dentition abondamment pourvue. Ses deux ailes s'agitaient nerveusement, comme prêtes à s'envoler.

— Cachez-vous, conseilla Sigis en tirant les deux autres sous les branches de l'arbre abattu qu'ils avaient enjambé quelques minutes plus tôt.

Le dragon guetta autour de lui, huma l'air à la recherche d'un indice, puis sortit finalement pour se diriger vers le bruit qui l'avait attiré.

— Maintenant ! ordonna le prince.

Ils se mirent à courir aussi vite qu'ils purent en direction de l'entrée de la grotte.

— Nessaora, la pierre poussière d'étoiles ! demanda son frère.

Celle-ci s'exécuta, sortit de sa poche le cadeau d'Adénora et la tendit à Sigis qui, étant le mieux armé, passa devant. Grâce à cette lumière, ils pouvaient avancer dans les profondeurs de la caverne. La jeune fille prit la main de son frère.

— C'est… si effrayant.

— Ne t'inquiète pas, lui répondit Nao, lui-même peu rassuré.

À terre, ils aperçurent des squelettes d'animaux. Un mélange d'odeurs de fauve, de fumée et de mort leur monta au nez, leur donnant la nausée. Ils sentaient sous leur pas craquer des brindilles et des os. Apeurée et écœurée, Nessaora se colla contre l'épaule de frère et s'interdit de regarder autour d'elle. Quelques mètres plus loin, Sigis s'arrêta : la grotte se séparait en deux chemins.

— Alors ? s'inquiéta Nao.

Le prince soupira. Il examina les deux possibilités, aussi sombres l'une que l'autre. Le tronçon de gauche contenait toutefois plus de cadavres. Il en conclut que celui de droite était moins fréquenté par le dragon.

— Allons à droite, décida-t-il.

Dehors, ils entendirent de grands cris et des rugissements.

— Est-il déjà de retour ? s'affola Nessaora.

— Je reconnais ces cris, déclara Sigis, ce sont ceux de Wagils. Ils ont dû entendre le bruit des pierres et penser que c'était nous... et ils sont tombés sur le dragon.

***

Effectivement, à l'extérieur, alors qu'ils entamaient eux aussi l'ascension du mont sur le flanc droit, les Wagils étaient tombés dans ce piège. Ayant entendu l'éboulement, Djal avait immédiatement ordonné à deux de ces hommes d'aller voir ce qu'il se passait. Le dragon avait soudain surgi devant eux. Caché avec Alim derrière un arbre, Djal l'observa. Comme il était encore jeune, il ne l'avait pas connu du temps où Magda en avait fait son animal domestique à Tanis. Il ne l'avait jamais aperçu auparavant : Anir était en fait plus petit que ce qu'il avait imaginé, bien qu'il dépassât les plus grands arbres de Tenenan. Son corps était recouvert d'écailles rouges, sur son dos, deux grandes ailes étaient déployées. Il possédait quatre énormes pattes armées de griffes, dont l'une d'elles seule aurait écrasé le Wagil devant lui. Le serpent vert, surnommé Malouf, se dressa devant lui, tentant de l'intimider. D'un seul grand coup de sa longue queue surmontée de piquants, il balaya le reptile et l'envoya quelques mètres plus bas. L'autre se métamorphosa en humain et essaya de l'amadouer par les sentiments :

— Du calme, du calme, Anir... Ce n'est pas pour toi que nous sommes là, nous sommes envoyés par Magda, nous ch...

Il n'eut pas le temps de finir sa phrase : une flamme gigantesque sortit de la gueule du dragon et embrasa le corps du Wagil qui brûla en quelques secondes. Alim voulut le secourir, mais Djal le retint d'une main insensible :

— C'est trop tard, tu ne peux rien pour lui, chuchota-t-il.

Le dragon replia ses ailes et scruta les alentours. Les autres hommes se changèrent aussitôt en serpents afin de mieux pouvoir se dissimuler dans les hautes herbes. Quelques minutes plus tard, l'immonde créature fit demi-tour et retourna vers son antre.

— Que fait-on, Djal ? demanda Alim, toujours à ses côtés.

— Retournons plus bas voir si ceux que nous cherchons s'y trouvent.

— Et s'ils sont près de la tanière d'Anir ?

— Dans ce cas, je préfère ne pas être à leur place…

***

— Il arrive…

Sigis, Nao et Nessa se figèrent. Le prince se colla contre la paroi. Les deux autres l'imitèrent. Ils attendirent. Le temps leur parut interminable. Toutes sortes de pensées les assaillaient. Sigis, la main sur son épée, était prêt à combattre l'ennemi. Nao tenait sa sœur d'un côté, et de l'autre le couteau qui lui servait à couper le raisin. Une arme bien trop modeste pour le combat qu'il devrait livrer si le dragon les découvrait. Nessaora serrait la main de son frère aussi fort qu'elle pouvait. Elle repensa à toutes les belles choses de sa vie, sa mère, son grand-père, et Nafaël, les collines rouges, la fête qui suivait les vendanges chaque année. Se pourrait-il qu'ils puissent y revenir un jour ?

Comme Sigis l'avait pressenti, à la croisée des chemins, Anir choisit celui de gauche et s'y enfonça. Il ne parut pas sentir la présence des intrus dans son antre. Les trois amis émirent un soupir de soulagement. Le prince fit signe de se diriger à l'opposé du dragon, c'est-à-dire de s'enfoncer dans l'obscurité de la caverne, ce qu'ils firent, guidés par la faible lumière de la pierre poussière d'étoile. Ils avançaient à petits pas le long de la paroi glacée, silencieux ; cette traversée dura plusieurs minutes qui leur parurent une éternité. D'un coup, Sigis se figea.

— Que se passe-t-il ? murmura Nao.

Le prince rangea la pierre. L'obscurité se fit alors, plus profonde encore. Cependant, une lueur apparut au fond du passage.

— Qu'est-ce que… de la lumière ? s'étonna Nessa. Ici ? Mais comment…

Sigis lui fit signe de se taire en posant le doigt sur sa bouche. Il tira son épée et avança…

Chapitre 4

Dana

Aénor fut réveillée par la main pressante du chevalier Solen.

— Madame, nous devons partir avant que le soleil ne se lève, sinon nous serons repérés.

Elle acquiesça et s'assit. Autour d'elle, ses compagnons commençaient à émerger lentement après une nuit trop courte. Nafaël, fier et courageux, était déjà debout près de son grand-père.

— Je suis encore fatiguée, maman, se plaignit la petite Adénora.

— Je sais, ma chérie…

Après avoir avalé un petit déjeuner sommaire et remercié avec gratitude le sympathique Elar, la petite compagnie se mit en route en silence, guidée par le chevalier Solen dans la ville encore endormie. Derrière lui suivait Yun à cheval, seul parmi les habitants des collines rouges à connaître Neven. Depuis presque vingt ans qu'il n'y était pas retourné, les maisons en bois et pierres avaient été reconstruites presque à l'identique. Les rues pavées étaient étroites, les habitations serrées les unes contre les autres. La ville s'était même agrandie quelque peu vers l'est, obligeant les Neveniens à reculer les fortifications. Au chant du coq, les compagnons se trouvaient déjà sur le chemin menant à la citadelle.

— Il serait judicieux d'éviter les routes, proposa le meneur du groupe.

— Vous avez raison, admit Yun, passons à travers la forêt royale. Je connais un raccourci, nous l'empruntions pendant la guerre.

— D'accord, passez devant.

Solen, bien qu'âgé seulement d'une vingtaine d'années, avait souvent entendu, pendant sa formation de chevalier, de multiples anecdotes sur cet homme, compagnon et conseiller de feu le roi Aghar. Le jeune homme était également l'ami et le confident du prince Sigis, et celui-ci vouait une grande admiration à son grand-père. C'était donc pour lui un honneur d'aider le célèbre Yun et sa famille. Ils avaient placé les deux petits, Nafaël et Adénora sur le deuxième cheval. Aénor, le visage préoccupé, tenait les rênes sans rien dire. À leur suite venait le géant Tilio, guidant la troisième monture où sa mère, épuisée, avait pris place. Puis suivait Rik, lui aussi exténué par toute cette marche et le manque de sommeil. Kaïm, le plus mystérieux des quatre compagnons du prince, juché sur la dernière bête, inspectait les alentours afin de prévenir une éventuelle attaque et assurer leur sécurité. Les deux autres soldats, Aslin l'intrépide et Aban le réservé, fermaient la marche, scrutant les abords du chemin.

Un autre jour, dans d'autres conditions, ils auraient apprécié cette promenade en forêt. Tout y était vert et calme. Les branches des arbres les plus hauts frémissaient sous le souffle léger du vent. Contrairement à la veille, l'ombre des feuilles leur apportait la fraîcheur nécessaire pour ne pas souffrir de la chaleur. Le soleil était à présent bien levé et ses rayons passaient aisément à travers les feuilles. Les oiseaux gazouillaient. À l'avant, Yun et Solen scrutaient chaque buisson, chaque touffe de feuilles au sol, prêtaient attention au moindre bruit. Après plusieurs heures de marche sans incident, ils parvinrent enfin sur une butte.

— Nous y sommes, chuchota Yun.

Comme pour s'en convaincre, Solen grimpa rapidement le talus, la main sur son épée. Il vit apparaître au loin la citadelle. Bâtie en hauteur il y a plusieurs centaines d'années, elle s'étendait sur toute la longueur du plateau royal. Construite sur trois niveaux creusés dans la colline, entourés chacun d'un haut mur d'enceinte imprenable, on apercevait de loin plusieurs très hautes fortifications de pierres blanches parcourues de tours et de chemin de ronde. Au centre de cet immense édifice, on apercevait la coupole géante de la demeure du roi, entourée des quatre tours sculptées par les maîtres des anciens temps.

— C'est exact, nous y sommes, déclara-t-il, plein d'admiration pour le vieil homme.

Les autres poussèrent un soupir de soulagement. Adénora, endormie par le bercement de la marche du cheval, s'éveilla et bâilla bruyamment.

— Vous allez pouvoir vous reposer, affirma Solen, confiant.

***

Djal, changé en serpent afin de se cacher plus facilement dans les herbes hautes, s'éveilla en sursaut. À côté de lui, ses compagnons dormaient encore. D'un coup de queue, il les secoua, puis commença sa mutation, très en colère.

— Vous dormiez tous les deux ?

— Pardon, Djal…

— Qui devait monter la garde ?

— C'est moi, mais…

Le Wagil près de lui n'eut pas le temps de finir sa phrase qu'il reçut un violent coup de poing à la tête.

— Imbécile ! Et s'ils se sont échappés ?

— Seigneur Djal, coupa Alim en lui tenant l'épaule pour freiner son envie de frapper, laissez-le, nous avons besoin de lui. Et puis, Anir est devant l'entrée, ils n'ont pas pu sortir.

Le chef des Wagils leva les yeux et vit effectivement le bout de la queue de dragon qui dépassait. Il s'avança vers l'homme à terre et l'attrapa par le cou :

— Bendir, si tu t'avises à nouveau de me désobéir, *saya né !* Je te tue moi-même !

— *Ele, Dibe.*

Il le relâcha. L'autre s'écrasa sur le sol, suffoquant et se tenant la gorge.

Alim observa le chef du groupe à ses côtés. De tous les fils du seigneur Aël, Djal était celui qui lui ressemblait le plus. Certes, il avait les épaules moins larges et la peau plus claire, mais leurs visages étaient identiques : de grands yeux noirs en amande, un nez épaté et des lèvres charnues. Un lien de parenté d'autant plus flagrant que Djal était le seul de ses enfants à avoir été conçu avec une humaine. Contrairement aux femelles serpents, qui ne gardaient les œufs que deux ou trois mois en fonction de la chaleur, sa génitrice l'avait porté neuf mois dans son ventre. Elle avait eu pendant ce temps une place de choix près du souverain wagil. Mais Magda, envieuse pendant ces mois d'attente où le roi la gardait près de lui, avait brûlé sa rivale dès qu'elle eut accouché. Djal n'en eut jamais aucun souvenir.

Bien qu'Aël s'amusât des caprices de la fée, il lui interdit de s'approcher de son fils. Pour son côté plus « humain » que « serpent », il serait l'héritier. Avec une certaine affection, il lui enseigna lui-même la maîtrise du combat et l'art de la guerre. En tant que chef de l'armée, il ne pouvait laisser paraître cette préférence filiale, pourtant connue de tous. Djal vouait une profonde admiration à son père, alors que la fée cruelle enviait cet enfant qui aurait pu être le sien. Toutefois, elle avait bien compris que si elle touchait au successeur, elle perdrait la confiance et le soutien d'Aël. Alors, elle se résigna.

Djal tourna à son tour la tête vers le Wagil qui se tenait près de lui : Alim était encore jeune, sa peau légèrement hâlée par le soleil. D'ordinaire, les serpents ne tissaient pas de relations sociales. Ils vivaient ensemble plus par nécessité que par envie. La plupart des Wagils, issus d'une conception ovipare, répondaient à ces critères. Or, Alim était né, tout comme Djal, de l'union d'un homme-serpent et d'une humaine. Enlevé à sa mère à sa naissance, il avait été élevé parmi les soldats. C'était un très bon combattant, mais peu charismatique. Il n'avait jamais obtenu le grade de chef, car certaines de ses décisions trahissaient un certain sentiment de bonté, ce qui était considéré comme une faiblesse pour les reptiles. Lors d'une bataille dans le désert, il s'était distingué en tuant un grand nombre d'ennemis. Djal l'avait remarqué et lui avait proposé de rejoindre son unité d'élite réservée aux missions spéciales. Depuis, contre toute attente, il s'était lié d'amitié avec le jeune mutant. Ils avaient tous les deux le même sens de la patrie et de l'obéissance. Ils pouvaient toujours compter l'un sur l'autre. À la mort du seigneur, lorsque l'héritier accéderait au trône, il réservait la place de sentinelle à son fidèle ami, attisant la jalousie parmi ses frères et d'autres soldats méritants. Aucun d'eux pourtant n'aurait osé contredire le fils préféré d'Aël.

— D'accord, conclut Djal sur les conseils de son ami, attendons ici. Si le dragon sort, ils en profiteront pour s'échapper. Et là, nous les attraperons.

***

Aka et Beza se présentèrent devant la tente du roi Aël aux premières lueurs de l'aube. Voyant la fée blonde endormie près de leur seigneur, ils n'osèrent pas entrer et émirent un léger sifflement, audible seulement du Wagil. Ce dernier les aperçut et se dirigea vers eux.

— Pardon de vous déranger, *Dibe*, commença Beza le vert, notre mission est accomplie. Nous avons brûlé les maisons, ainsi que les vignes. Ce fut plus long que prévu, car les champs étaient grands. Il ne reste rien.

Aël, se frottant les yeux de fatigue, esquissa un sourire.

— Parfait, vous avez bien travaillé.

— Que pouvons-nous pour vous à présent, seigneur ? ajouta Aka le Jaune.

— J'ai envoyé Djal hier chercher la fille près des monts Tenenan, mais il n'est toujours pas revenu. De plus, nous avons entendu beaucoup d'agitation cette nuit au sommet de la montagne...

— Anir ? demanda Aka.

— Certainement. Je voudrais que vous vous y rendiez. Retrouvez Djal et les autres pour les aider.

— Et s'ils sont morts ?

— Alors, ce sera à vous deux de me ramener cette fille, morte ou vive.

— *Ele, Dibe*, approuvèrent-ils en chœur.

Ils se changèrent en serpent et partirent aussitôt. Aël retourna se glisser près de Magda encore assoupie. Mais, à l'instant où il s'allongea, celle-ci ouvrit les yeux et se retourna vers lui en lui caressant la joue :

— Que se passe-t-il ?

— Rien, rendors-toi.

— Rien ?

Elle se leva brusquement, laissant glisser la couverture. Elle était nue. Seul son talisman habillait son tour de cou.

— Que me caches-tu ?

Le chef des Wagils, sans répondre, soupira en se tenant la tête.

— Que se passe-t-il, Aël ? reprit-elle en haussant le ton. Tu crois pouvoir me cacher des choses ? À moi ?

— Pourquoi penses-tu que je te dissimule quoi que ce soit ?

— Tu reçois tes deux lieutenants hors de ta tente, loin de moi.

— Ils ne voulaient pas te réveiller.

— Et où les as-tu envoyés ?

— Suffit, femme ! s'énerva le seigneur wagil. C'est mon armée, je la dirige comme je l'entends, je donne les ordres et je n'ai aucun compte à te rendre !

Furieux, sachant son sommeil interrompu, il quitta la tente. Magda, agacée elle aussi, se leva. Elle attrapa sa robe rouge et l'enfila. Elle passa une main énervée dans ses cheveux décoiffés pour les remettre en place, puis sortit à son tour. Elle se dirigea vers l'homme-sentinelle devant elle :

— Wakou, où se trouve la tente de Djal ?

— Elle est ici, répondit-il en désignant l'endroit leur faisant face. Mais si c'est le seigneur Djal que vous cherchez, il n'est pas rentré cette nuit.

— Tiens donc, ajouta Magda, et où est-il ?

— Je ne sais pas, madame, le roi Aël l'a envoyé en mission.

— Lui aussi…, pensa-t-elle.

***

La main sur son épée, le prince Sigis avançait dans l'obscurité de la grotte du dragon en direction de la source de lumière, suivi de près par ses deux compagnons. C'est alors que, à leur grande surprise, ils aperçurent une jeune femme. Elle était assise près d'un feu presque éteint qui crépitait en dessinant des ombres sur les parois beiges. Malgré son dos courbé et ses bras dénudés pelotonnés autour de ses genoux, on devinait sa silhouette harmonieuse. Une cascade de cheveux ondulés roux aux reflets dorés tombait en désordre sur la blancheur de son dos jusqu'à ses hanches. Elle fixait d'un air vague et mélancolique ses pieds enchaînés par deux terribles bracelets de fer attachés au sol à l'aide d'une lourde chaîne de métal gris. Elle portait une robe à bretelles vert foncé, unie, légère et courte. Le long de son bras gauche courait un bracelet de lianes et de feuilles d'aubépine. À leur arrivée, elle tourna vers eux ses yeux verts en amande brillant dans la lueur des flammes. Son visage ovale était empreint d'une grande nostalgie.

— Qui êtes-vous ? s'étonna le prince. Que faites-vous ici, dans le repère de ce monstre ?

— Et vous ? s'enquit l'inconnue d'une voix claire et mélodieuse. Comment êtes-vous parvenus jusqu'ici ?

Elle observa les trois jeunes gens, un chevalier portant les couleurs du roi, un jeune homme du même âge et une jolie jeune fille brune, certainement des paysans à la vue de leurs habits. Ils avaient l'air tous les trois épuisés. L'un d'eux finit par prendre la parole :

— Je suis le prince Sigis, fils du roi Enoghat…

— Le roi Enoghat, murmura la jeune femme, qu'est-il arrivé à Aghar ?

— Mais, répondit le chevalier perplexe, mon grand-père est mort depuis plus de dix ans !

— Oh... oui... bien sûr, il y a tellement longtemps que je suis enfermée ici...

— Pardon de répéter ma question : qui êtes-vous ?

L'inconnue sourit.

— Vous êtes bien trop jeune pour vous souvenir de moi, prince. Je suis Dana, la fée protectrice du royaume d'Idrasil.

— Dana ? s'étonnèrent les trois amis en chœur.

— Je ne comprends pas, s'étonna Sigis, pourquoi êtes-vous ici ?

— C'est une bien longue histoire, Chevalier. Vous devriez vous asseoir.

— Et le dragon ? s'inquiéta Nessaora.

— N'ayez crainte, il ne viendra pas jusqu'ici, ce plafond est trop bas pour lui. Vous êtes en sécurité, pour l'instant.

Les trois compagnons s'assirent près du feu et écoutèrent le récit de la fée.

— Il y a trente ans, il me semble que c'était trente, mais les jours ici se ressemblent tellement que j'ai peut-être perdu la notion du temps. Il y a une trentaine d'années, nous vivions paisiblement à Idrasil. Le roi Aghar, votre grand-père, était un souverain juste et soucieux du bien-être de ses sujets. En ma qualité de fée, je vivais moi aussi près de votre famille à la citadelle. Mais un jour, les Wagils de Tanis, sous les ordres de Magda, envahirent les plaines du royaume. Nous, les fées, possédons chacune un pouvoir différent, mais nous n'avions jamais cherché à savoir laquelle d'entre nous était la plus forte. Notre rôle était de protéger les habitants d'Adara. Pourtant, Magda avait toujours rêvé de devenir plus puissante.

— Vous dites que ces faits se sont déroulés il y a trente ans, mais c'est impossible, regardez-vous, vous paraissez si… jeune.

— C'est bien là le privilège des fées, jeune demoiselle. Parvenues à l'âge adulte, lorsqu'elles prennent possession de leur talisman afin d'accomplir leur rôle dans ce monde, elles échappent aux règles de la nature humaine. Nous ne vieillissons pas, et nous ne pouvons mourir, à moins que quelqu'un ne nous tue, une vie immortelle trop longue pour celles qui voient leurs amis disparaître.

— Magda a donc déclaré la guerre aux autres fées ? coupa Nao, impatient d'entendre la suite.

— Elle avait trouvé une manière d'accéder à son désir : en s'alliant avec le seigneur Aël, combattant et seigneur de guerre redoutable, elle conquit les cinq royaumes les uns après les autres et, dans le même temps, nous priva de nos pouvoirs en s'emparant de nos talismans.

— Comment a réagi mon grand-père ?

— Aghar était lui aussi un très grand roi, mais son armée était malheureusement bien faible face aux Wagils. Il me chargea d'organiser, avec son ami Yun, la résistance d'Idrasil.

— Yun ? s'étonnèrent Nessa et Nao.

— Vous connaissez Yun ? demanda la fée.

— C'est… notre grand-père.

— Oh, mais alors, vous devez être Nao, c'est bien ça ?

— Oui, c'est exact, et voici ma petite sœur Nessaora.

— Les enfants d'Aénor et Sven, bien sûr, je connais bien vos parents. Je vous ai vu naître Nao. C'était il y a si longtemps… aujourd'hui vous êtes déjà un homme.

— En quoi consistait exactement cette rébellion ? poursuivit le prince.

— Notre objectif, avec le chevalier Yun, était de chasser des villes et villages les Wagils envahisseurs, de retrouver la paix et la liberté. Cette guerre dura cinq ans. C'est pendant ce temps que vous êtes nés, jeune prince, et vous aussi Nao, presque en même temps d'ailleurs. Vous étiez trop petits pour vous en souvenir.

— Et le roi Aghar ? N'a-t-il pas participé lui aussi à la résistance ?

— Votre grand-père, avec son armée, gardait la citadelle. Les ennemis s'étaient déjà emparés Neven et Kenaan. Après plusieurs mois de petites attaques bien ciblées, nous avons enfin réussi à libérer Neven.

— La fameuse bataille...

— Notre plus grande défaite. Nous avons été trop imprudents. Trop heureux de savourer notre victoire, nous n'avons pas pris garde aux troupes d'Aël. Il venait de quitter la citadelle où il avait été mis en déroute devant les fortifications imprenables. Aghar tenta de nous prévenir, mais il était trop tard, la ville était en flamme. Il fut alors sévèrement blessé, mais je sais que Yun parvint à le ramener jusqu'à son palais. Malheureusement, trop affaibli, il n'était plus en mesure de commander l'armée. On demanda à son fils, Enoghat, votre père, encore jeune et inexpérimenté, de diriger à sa place. Mais, effrayé, il demanda une trêve au roi Aël afin de cesser tout combat. Ils signèrent un accord dans lequel est stipulé que désormais les terres d'Idrasil appartiendraient au seigneur wagil et qu'Enoghat en serait l'administrateur. En échange, les Wagils libérèrent les villes occupées.

— Toutefois, il peut revenir quand il veut.

— Tout à fait. Les Wagils et Magda y circulent librement et agissent comme bon leur semble.

Un silence lourd de réflexions s'installa.

— Et vous, où étiez-vous pendant cette bataille ? l'interrogea Nessa.

— J'étais présente, comme toujours, avec Yun. Quand le roi fut blessé, je me suis retrouvée prisonnière des flammes de Magda. Yun eut alors un choix extrêmement difficile à faire.

— Il sauva le roi, conclut Sigis.

— Oui, il sauva le roi. Il eut raison. Qu'aurait-il fait d'une fée sans roi ?

— Vous fûtes donc prisonnière ? poursuivit Nessaora.

— Et livrée au dragon. Et me voici.

— Depuis vingt ans ?

— Vingt ans, vous dites ? Oui, ça doit être cela…

— Et Anir ne vous a pas dévorée ? s'inquiéta Nao.

— C'est un grand mystère pour moi également ! Lorsque Magda m'enchaîna ici, elle devait penser que le dragon finirait par me manger. Pourtant, il ne cesse de s'occuper de moi : chaque jour, il me porte à manger, des fruits sur des branches d'arbres… je crois que, dans le fond, Anir m'aime bien.

— C'est pourquoi, au château, poursuivit le prince, personne ne parle jamais de vous. Mon père doit penser que vous êtes morte…

— Notre grand-père aussi doit le penser, ajouta Nessa.

— Oui, pauvre Yun…

— Vous le connaissiez bien, apparemment.

La fée sourit. Dans l'obscurité de la grotte, sa chevelure rousse aux reflets d'or scintillait à travers les flammes du brasier.

— Votre grand-mère est morte jeune. Yun s'est retrouvé seul avec sa fille, Aénor, votre mère. Il est vrai que, durant cinq ans à combattre ensemble, nous nous étions… rapprochés.

Nessa et Nao se regardèrent, se remémorant soudain les histoires de Grand-père le soir au coin du feu. Ils avaient toujours cru que les récits chevaleresques et passionnés étaient l'œuvre de son imagination. Et si, finalement, tout était vrai…

— Vous voulez dire que vous étiez… amoureux ? s'enquit la jeune fille, rêveuse.

À cette pensée, les yeux de Dana se mirent à briller. Mais son expression était empreinte d'une grande tristesse.

— Amoureux ? Oui, on pourrait appeler ce sentiment de l'amour, pas un amour aveugle, passionné et possessif, plutôt un lien très fort basé sur le respect, le partage et notre quête du bien et de la justice. Malheureusement, aujourd'hui, il a vingt ans de plus, alors que je suis condamnée à rester jeune, et le voir mourir. J'ai perdu les meilleures années de sa vie. Si seulement j'avais pu vieillir à ses côtés…

— À quel choix difficile il a été confronté, répliqua Sigis, entre sauver le roi, ou la femme qu'il aimait !

— Je ne lui en veux pas. Protéger Aghar était nécessaire à la survie du royaume. Il lui a été ainsi possible d'organiser la succession du pouvoir avant que la couronne ne tombe entre les mains d'Aël. De toute façon, notre amour était bien trop chimérique : une fée et un humain…

Sur ces paroles, chacun resta silencieux.

Chapitre 5

La citadelle

Solen se posta devant la première porte, retira son casque, arrangea un peu ses cheveux dépeignés et attendit. Le passage sur sa gauche s'ouvrit, un homme en sortit. Il ne semblait pas aimable. Grand, maigre, tout de noir vêtu, Yun reconnut aussitôt le conseiller du roi. Après vingt ans, il arborait toujours le même air hostile et froid qui le caractérisait. Ce dernier ne parut pas le reconnaître.

— Solen, fit ce dernier d'une voix traînante. Enfin. Où étiez-vous donc passé ?

— Karel, ordonna le jeune chevalier sans tenir compte de sa question, pouvez-vous annoncer au roi que je désire lui parler au plus vite ?

— Et qui sont ces gens ? s'enquit le conseiller soupçonneux.

— Ils m'accompagnent. Ils souhaitent rencontrer Sa Majesté.

Karel observa attentivement la petite troupe de ses petits yeux sombres et renfoncés. Son visage creux, imberbe, et son teint blafard lui donnaient mauvaise mine. Mais, de la connaissance de Yun, il avait toujours eu cette apparence faible et maladive, s'épuisant au moindre effort. Quand il était contrarié, il pinçait davantage sa bouche, déjà étroite, jusqu'à la faire presque disparaître.

— Où est le prince ?

— Il est… resté en mission, j'expliquerai cela à son père.

— Il ne va pas aimer ça…

L'homme ombrageux replaça nerveusement une mèche de ses longs cheveux bruns, sales et clairsemés derrière son oreille, puis s'écarta pour laisser la compagnie franchir l'entrée de la demeure royale. Il passa devant. Il avançait lentement, à petits pas de fouine, voûté comme s'il portait tous les problèmes du royaume sur son dos. Suivant le conseiller du roi, les amis des collines rouges et leurs gardiens passèrent ainsi successivement les trois niveaux de fortifications pour atteindre le cœur de la citadelle.

À l'intérieur vivait une petite communauté au service du souverain : domestiques, marchands, forgerons, soldats… tous s'agitaient dans la chaleur de l'après-midi. À chaque palier, des constructions sommaires en pierres, paille ou en bois hébergeaient les artisans. Au centre de la cour principale, au dernier niveau, se tenait la bâtisse surmontée d'une grande coupole où logeait la famille royale. Elle était entourée de quatre tours majestueuses réservées au personnel du roi et aux invités. Ces constructions étaient reliées entre elles par des bâtiments plus bas où logeaient les gardes, les chevaliers et les domestiques.

L'armée d'Idrasil avait perdu quelque peu de sa splendeur depuis la défaite contre Aël. Elle était composée depuis lors uniquement d'une centaine de cavaliers et une cinquantaine de fantassins, et destinée principalement au maintien de l'ordre dans le royaume, ainsi que l'avait ordonné le seigneur de Tanis, craignant une nouvelle rébellion.

Elle était divisée en cinq sections : la garde rouge, tout d'abord, dont la vingtaine de chevaliers était rigoureusement choisie parmi les plus forts et les plus anciens. Elle était chargée de la protection du roi et de la citadelle. Les quatre autres sections portaient le nom d'une nuance de bleu (azur, cyan, indigo et turquoise). Elles étaient commandées par un chef choisi parmi l'élite ou la famille royale, et constituées d'une trentaine de soldats, exception faite de celle du prince Sigis, la troupe azur. On lui avait confié le commandement de seulement quatre combattants – qu'il avait lui-même choisi – en raison de son jeune âge et de son manque d'expérience.

Parvenu à la somptueuse porte en bois finement décorée de l'habitation centrale, Karel, rougi et essoufflé par l'effort de la montée, se tourna vers les habitants des collines rouges :

— Il est évident que vous ne pourrez pas tous entrer voir le roi. C'est pourquoi je propose qu'un seul d'entre vous prenne la parole pour les autres.

D'instinct, les compagnons se tournèrent vers Yun.

— Je vous accompagne, déclara ce dernier. Mais qu'en est-il de ma famille et mes amis ? Ils sont épuisés et affamés.

— Les soldats qui vous ont conduits ici vont vous installer dans leur quartier afin que vous puissiez vous restaurer et vous reposez.

— À vos ordres, monsieur, répondit ironiquement Aslin, exaspéré par les manières de cet homme acariâtre.

— Je vous remercie de votre hospitalité, conseiller, répliqua le doyen du groupe.

Solen, Karel et Yun montèrent les dernières marches conduisant aux appartements du roi. Ils passèrent par l'accès principal : depuis vingt ans, rien n'avait changé. Au sol, de magnifiques pierres blanches polies et lavées chaque jour étincelaient au passage furtif d'une lumière à travers les ouvertures. Au centre, un grand escalier de pierres en colimaçon menait vers les chambres royales. Le couloir de droite menait vers les cuisines. Au fond, une porte soigneusement fermée et protégée par deux gardes permettait d'accéder aux cachots souterrains. Les trois hommes suivirent celui de gauche afin de joindre la salle où le souverain Enoghat recevait les visiteurs. La grande bibliothèque, où étaient stockés les livres et les archives historiques du royaume, se situait juste à côté.

Le conseiller pria les deux hommes d'attendre là. Cette immense salle rectangulaire servait aussi à organiser de belles fêtes pour les invités. Elle était recouverte sous leurs pieds de dalles de pierres blanches carrées parfaitement taillées dont certaines, une sur six selon un schéma bien défini, étaient gravées d'un I majuscule finement décoré à la manière d'une enluminure. Au centre exact de la pièce, on avait posé une plaque longue de quatre dalles sur laquelle était sculpté un cerf majestueux. Au plafond, des tentures bleu et or avaient été accrochées. Les murs étaient ornés de magnifiques tapisseries représentant les membres de la famille royale et des chevaliers menant des actions héroïques. Celle à droite de la porte, la plus imposante, était une illustration du mythe fondateur du royaume d'Idrasil. On y voyait un jeune homme blond, Einar, dont les traits harmonieux n'étaient pas sans rappeler ceux de son noble descendant, le valeureux prince Sigis. Désarmé et fuyant, il se trouvait face à un cerf entouré d'un halo de lumière.

Sur une estrade de bois foncé, le siège royal attendait solennellement son propriétaire. Celui-ci entra d'un pas traînant et fatigué. Le roi Enoghat, un homme grand et plutôt bien bâti dans sa jeunesse, se voûtait avec l'âge. Malgré des vêtements amples, Yun remarqua son ventre bedonnant et sourit intérieurement à la pensée que ce monarque avait dû faire bonne chère pendant ces vingt dernières années. Il gardait toutefois la même expression renfrognée sur son visage rectangulaire au teint jaunâtre, maintenant ridé. Il portait sa cape bleu et blanc brodée d'or, symbole de sa puissance. La fourrure particulière de ce vêtement venait des bêtes magnifiques des montagnes de Zakia et était commandée spécialement pour lui par le maître tailleur. Sa couronne dorée et incrustée de pierres précieuses multicolores était posée sur d'épais cheveux grisonnants, longs jusqu'aux épaules. La négligence de sa coiffe et de sa barbe en broussaille contrastait avec l'attitude souveraine qu'il essayait d'afficher, ce qui le rendait quelque peu ridicule. Suivi de près de Karel, il se dirigea vers le siège royal sans prendre la peine de regarder ses visiteurs :

— Solen, enfin vous êtes de retour ! commença-t-il de d'une voix grave légèrement enrouée. Je me demandais encore où vous étiez passé. Mais où est mon fils ? je croyais que...

Il s'interrompit brusquement. Ses yeux sombres se posèrent sur le deuxième homme. Son front ample se fronça de contrariété. Il prit tout de même le temps de se poser sur le trône, face à eux.

— Yun ! Quelle surprise...

— Mon seigneur, répondit son hôte en le saluant.

— Que faites-vous ici ? Cela fait plus de vingt ans maintenant que vous êtes parti vous terrer dans les collines rouges et qu'on ne vous avait pas revu...

— C'est de cela que nous devons parler, mon roi, intervint le chevalier Solen.

— Je vous écoute, mon garçon, répliqua Enoghat sans lâcher le vieil homme de son regard sévère.

— Comme vous le savez, les Wagils ont attaqué les villes et les villages d'Idrasil et ont enlevé des jeunes filles.

— Je suis au courant, je suis le roi tout de même, répondit-il posément. Mais vous savez bien que les Wagils vont et viennent sur notre territoire comme ils l'entendent.

— Pourtant, mon seigneur, il s'agit tout de même d'une douzaine d'innocentes. On ne sait pas ce que le roi Aël a l'intention de…

— Qui sait ? Peut-être cherche-t-il une bonne épouse ? coupa le roi souriant en cherchant son conseiller des yeux afin de voir s'il s'amusait aussi de la plaisanterie. Je ne vois toujours pas le rapport avec la présence du vieil ami de mon père.

— Avec votre fils, nous avons essayé de prévenir les villages de l'arrivée des serpents…

— Sur ordre de qui ? s'énerva Enoghat.

— Je vous demande pardon, Votre Majesté ?

— Qui a donné l'ordre de prévenir les habitants ?

— Eh bien, c'est le prince Sigis…

Le roi se leva d'un bond. Son visage devint cramoisi sous l'effet de la colère. Il commença à arpenter nerveusement de long en large l'estrade où il se trouvait. Chacun de ses pas lourds résonnait à travers la pièce silencieuse.

— Sigis, évidemment, mais quel imprudent ! marmonna Enoghat, les mains jointes derrière le dos. Que veut-il ? Énerver Aël ? Ou bien pire, Magda ? Déclencher une guerre ? Pourquoi a-t-il fallu qu'il s'en mêle ! Il ne sait pas que cela peut être dangereux ? Pour lui, pour moi, pour le royaume !

— Je crois que votre fils essayait de bien faire, seigneur, intervint Yun, il fait preuve d'un grand courage.

— Ou d'une grande stupidité, renchérit le roi en lui lançant un regard noir.

Le souverain sentait toute la haine envers le vieillard, une haine enfouie au fond de son cœur depuis des années, remonter à la surface. Yun avait toujours suscité l'admiration de son père, le grand Aghar. Du plus loin qu'il s'en souvienne, ils avaient sans cesse été ensemble, pour combattre, mais aussi pour s'amuser. Aghar avait souvent préféré son ami à sa propre famille, à son propre fils, ce fils faible, peu enclin à la chevalerie, pas à la hauteur du grand roi. Yun lui avait sauvé la vie, alors qu'Enoghat restait le lâche qui avait accepté de signer le traité d'Aël. Et, désormais, l'admirable Yun venait lui vanter les mérites de son propre enfant, Sigis, dont Aghar chantait les louanges. « Regarde, Enoghat, disait-il avant de mourir, admire ton fils. Il sera un jour un grand chef de guerre. C'est mon noble héritier, mon plus digne descendant. »

— Bon, reprit Enoghat d'une voix cassante et exaspérée, où est-il maintenant ?

— Le prince est parvenu aux collines rouges avant les Wagils, il a emmené ma petite-fille avant qu'elle ne soit faite prisonnière.

— Votre petite-fille ?

— Oui, sire, il désire la protéger.

Cette nouvelle agaça davantage le souverain qui agita nerveusement son pied droit. Même après la mort de ce vieux bougre, il aurait encore à supporter ses descendants, en particulier maintenant que son fils en avait fait la connaissance.

— Est-ce exact, Solen ?

— Oui, mon seigneur.

— Et pourquoi n'êtes-vous pas avec lui ?

— Le prince m'a ordonné de venir vous faire mon rapport et de protéger les habitants des collines rouges.

Le roi bouillonnait intérieurement. Il dévisagea Solen, puis Yun, d'un air vindicatif et demeura silencieux quelques instants.

— Si, comme vous dites, mon imprudent de fils cache votre petite-fille, je n'ai pas bien compris ce que vous faites là...

— Afin de protéger Nessa, Sigis, et Nao, son frère qui les accompagne, nous avons menti aux Wagils sur leur direction. Ma famille, mes amis et moi ne sommes plus en sécurité aux collines rouges. C'est pourquoi, mon seigneur, nous demandons votre protection.

À l'évocation du mot « Wagil », le visage d'Enoghat blêmit. Même s'il essayait de le cacher, ses mains tremblaient.

— Vous avez menti aux hommes-serpents ! chuchota-t-il comme s'il avait peur que ces derniers l'entendent.

— Oui, Votre Majesté.

— Et je suppose qu'ils le savent...

— Certainement.

— Et vous espérez ma protection ?

— C'est ainsi qu'agit un souverain envers ses sujets.

Un silence pesant s'installa. Enoghat passa la main sur sa barbe et réfléchit quelques instants. Il descendit enfin la marche qui le séparait des deux hommes et s'avança vers le plus vieux en le pointant du doigt.

— Vous savez mieux que personne, Yun, que le traité de paix nous lie à Aël et m'oblige à collaborer avec lui, en toutes circonstances, étant donné que nous avons perdu la guerre, en grande partie à cause de votre incompétence et de celle de cette maudite fée.

— Monsieur..., intervint le chevalier.

— Taisez-vous, Solen ! ordonna-t-il d'une voix autoritaire. Comme je le disais, les terres d'Idrasil, à cause de vous, appartiennent désormais au seigneur de Tanis qui, dans sa grande bonté depuis vingt ans, nous laisse relativement tranquilles. Alors, vous comprendrez que les ennemis d'Aël sont également… mes ennemis.

— Y compris votre fils ? renchérit sèchement Yun.

— Mon fils est encore jeune, il finira par rentrer quand il s'apercevra de son erreur.

Yun lui lança à son tour un regard noir.

— Toutefois, poursuivit le roi, étant donné que vous avez servi plusieurs années durant les intérêts de ma famille, et que vous étiez le conseiller et l'ami le plus proche de mon père, je ne peux décemment pas vous jeter en pâture aux Wagils…

— Sa Majesté est trop aimable, ironisa Yun.

— Vous pouvez rester ici ce soir, ajouta-t-il d'un ton plus ferme, vous et vos amis, mais, demain matin, à la première heure, vous serez partis. Solen va vous conduire dans les quartiers des soldats.

— Merci, je sais où c'est, répondit le vieil homme en quittant la pièce, furieux, Votre Majesté.

Les trois hommes le regardèrent partir.

— Solen.

— Oui, mon seigneur ?

— Veille à ce qu'ils soient bien tous partis demain matin.

— Oui, mon roi.

Sur ses paroles, le chevalier, le visage inexpressif, quitta lui aussi la salle de réception. Enoghat s'effondra sur son trône. Il se tourna vers son conseiller, resté dans l'ombre durant toute l'entrevue.

— Eh bien, je ne t'ai pas entendu, que penses-tu de cette histoire, Karel ?

— J'en pense, mon seigneur, qu'il devient urgent de retrouver votre fils et de le ramener à la maison.

— Tu as parfaitement raison.

— Voulez-vous que je demande à Solen de retourner le chercher ?

— Solen ? Il n'en est pas question ! C'est un incapable ! Il ose revenir ici sans lui ! Non, non, demande plutôt à la garde rouge.

— La garde rouge ? Mais ils sont chargés de votre protection, ce sont nos meilleurs hommes !

— Et je crois bien qu'il faudra mes meilleurs hommes pour ramener cet entêté ! Dis-leur bien que s'il ne veut pas obéir, ils le ramènent de force !

— Comme vous voudrez, je vais de ce pas les prévenir.

Alors qu'il s'apprêtait à partir, le roi l'interrompit de nouveau.

— Et pour Yun, crois-tu que j'aie raison de le chasser d'ici ?

— Vous voulez vraiment mon avis, Votre Majesté ?

— Bien sûr, tu es mon conseiller, conseille-moi !

— Alors, vous ne devriez pas le laisser partir.

— Je devrais le protéger et me mettre Aël à dos ?

— Non, vous ne m'avez pas compris, mon seigneur : je pense que vous devriez le garder… au cas où…

— Au cas où… quoi ?

— Au cas où il arriverait malencontreusement quelque chose au prince.

Enoghat resta silencieux.

— Tu veux dire, une monnaie d'échange ?

— Imaginez que votre fils soit capturé par les Wagils, ce qui risque fort de lui arriver vu son comportement. Eh bien, quoi de mieux pour le roi Aël que de l'échanger contre son vieil ennemi…

Le roi sourit.

— Karel, tu es diabolique.

— Merci, mon seigneur.

— Va les chercher et mets-les au cachot. Et assure-toi qu'ils y restent.

— Tous ? Même les enfants ?

— Bien sûr, même les enfants ! Il ne manquerait plus que l'un d'eux se mette en tête de délivrer les autres ! Mais fais ça discrètement, le peuple risquerait de ne pas comprendre cette décision.

— J'ai l'homme qu'il faut pour cela, Votre Majesté.

Le conseiller machiavélique sortit.

***

— Vous ne m'avez toujours pas dit comment vous étiez arrivés là, dit Dana après quelques minutes de silence.

— Nous fuyons les Wagils, répondit simplement Nao.

— Que veulent-ils encore ?

— Aël a enlevé une douzaine de filles, expliqua Sigis. C'est pourquoi j'essaie de protéger la petite-fille de Yun. Hélas, je n'ai pas réussi à empêcher la capture des autres.

— Une douzaine de filles…, murmura Dana, songeuse, avaient-elles un point commun ?

— Elles sont toutes brunes et âgées d'une vingtaine d'années.

La Fée réfléchit.

— Vingt ans ? Hum… Je pense que c'est l'œuvre de Magda.

— Pourquoi ? demanda Nessa.

— Elle veut empêcher la septième fée d'obtenir le talisman, afin d'empêcher quiconque de se placer au-dessus de son pouvoir.

— Elle cherche… une fée ? s'étonna Sigis.

— J'en ai bien peur.

— Ce n'est qu'une légende, ajouta Nao, une histoire que l'on raconte aux enfants pour les endormir !

— Elle pense que l'une d'entre nous est la septième fée ? renchérit Nessa sans se préoccuper de ce que disait son frère. Mais elle ne sait pas qui c'est… quand elle l'aura trouvée, peut-être relâchera-t-elle les autres ?

— Cela suppose déjà que la septième fée existe réellement, et qu'elle soit bien l'une d'entre vous. Sinon, j'ai bien peur qu'elle ne vous tue toutes par… précaution.

— C'est horrible ! s'exclama la jeune fille, on ne peut pas laisser faire ça !

— Du calme, je comprends votre sentiment, mais le plus important pour vous, pour l'instant, c'est qu'elle ne vous trouve pas. Il n'est pas nécessaire d'ajouter une victime de plus.

— Oui, mais, pour les autres ?

— Je pense que le roi Enoghat saura protéger son peuple comme il se doit.

— Pff, soupira le prince, mon père n'est qu'un lâche ! Quand les jeunes filles ont commencé à disparaître, il n'a pas levé le petit doigt !

— Il a peut-être ses raisons…

— Non, il a juste peur, soupira Sigis.

***

— Madame, votre divinatrice est arrivée.

— Parfait, s'exclama Magda avec le sourire, emmenez-la tout de suite voir les filles !

La fée longea avec empressement les tentes des Wagils jusqu'à l'endroit où étaient retenues les prisonnières. Elle aperçut enfin

Akem. Depuis qu'elle l'avait rencontrée par hasard au fin fond du désert, cette femme était devenue la seule personne en qui elle avait confiance. Elle la vit : grande, très fine, la peau d'un noir profond, le crâne rasé, de grands yeux sombres, le haut du corps dénudé. Son allure effrayait souvent les gens. Même les Wagils ne l'approchaient pas. Tout le monde la prenait pour une mauvaise sorcière, capable de jeter d'horribles sorts au moindre coup d'œil. Magda l'avait pourtant invitée à venir vivre avec elle, dans son palais des flammes, et lui avait offert tout un pan du bâtiment. Cependant, la prophétesse préférait l'obscurité des cachots souterrains.

— Akem, je suis si contente de te voir ! déclara-t-elle à son amie en lui tendant les bras.

— Madame, que puis-je pour votre service ?

— Dans ta dernière vision, tu m'as annoncé que la septième fée était parvenue à l'âge adulte, qu'elle prendrait bientôt possession de son pouvoir et que je la trouverais parmi les jeunes filles brunes d'Idrasil. Tu m'as aussi confirmé que son âge correspond au jour où la dernière des six fées, Dana, a perdu son talisman. Nous avons ramené toutes les jeunes filles en question ici afin que tu puisses me dire laquelle est la bonne.

Akem lança son regard noir sur les prisonnières et les dévisagea en marmonnant des paroles incompréhensibles, comme une incantation. Soudain, elle recula.

— Qu'y a-t-il ? s'enquit Magda.

— Douze sur treize.

— Comment ?

— Ne se trouvent ici que douze filles sur les treize brunes d'Idrasil.

— Et ? demanda Magda.

— Je ne pourrai savoir qui est la fée que lorsqu'elles seront toutes là.

Sur ses mots, la divinatrice se retourna, le visage serein, et repartit en direction de l'abri en toile qu'on lui avait assignée. Magda, furieuse, se dirigea vers la tente du roi. Celui-ci discutait avec Wakou, la sentinelle chargée de sa protection et de la garde du camp en son absence.

— Aël !

— Qui a-t-il encore ? soupira-t-il d'exaspération.

— Où est la treizième fille ?

Le seigneur wagil fit signe à son garde du corps de l'attendre dehors.

— De quoi parles-tu ?

— Akem ne peut pas savoir qui est la fée si toutes les filles ne sont pas présentes.

— Toutes celles que nous avons trouvées sont là.

— Alors, ton armée d'incapables en a manqué une !

— Mon armée d'incapables comme tu dis t'a offert les cinq royaumes sur un plateau ! Montre-nous un peu plus de reconnaissance !

Aël se retourna pour réfléchir.

— Est-ce pour ça que tu as envoyé Djal en mission sans m'en parler ?

— J'envoie qui je veux en mission et cela ne te regarde pas.

Magda se dirigea vers lui et lui saisit le bras.

— Tu ne comprends pas ! Si la septième fée trouve le talisman avant nous...

— Magda ! s'énerva-t-il en se libérant de son emprise, depuis vingt ans, tu crois en vain à cette vieille légende ! Tu n'es même pas sûre qu'elle existe !

— Elle existe et, à elle seule, elle peut détruire toute ton armée, menaça-t-elle en le pointant du doigt.

— Je te rappelle que si la légende dit vrai, elle est apparue uniquement parce que tu as voulu prendre le dessus sur les autres fées !

Magda le toisa d'un regard empreint de fureur. Le roi soupira et abdiqua. Il frotta son visage fatigué. Rien ne servait de contredire cette femme.

— Une des filles s'est échappée.

— Tu aurais dû m'en parler plus tôt ! Qui l'a laissée partir ?

Il ne répondit pas.

— Djal, évidemment ! Et comme c'est ton fils préféré, tu ne lui as rien dit !

— Djal est le plus dévoué de mes soldats.

— Où est-elle ?

— On suppose qu'elle se cache dans les cavernes de Tenenan.

— Et vous pensiez vraiment vous défaire d'Anir sans mon aide ?

— Même toi, tu ne peux pas le contrôler, admets-le ! C'est pour cela que tu l'as laissé à Idrasil.

La fée parcourut la tente de long en large. Comme à chaque fois qu'elle s'énervait, son talisman s'était mis à briller, ses ailes frétillaient et la température autour d'elle se réchauffait.

— Si tu pouvais te fâcher dehors, dit le roi, agacé, cela éviterait que ma tente brûle, comme la dernière fois.

Elle lui jeta un nouveau regard noir, respira un grand coup et annonça :

— Je pars pour les monts Tenenan.

— Alors, je t'accompagne.

— Tu as peur pour moi ? Anir ne me fera rien.

— Non, je crains pour mes hommes…

— Ne t'inquiète pas, répondit-elle ironiquement, je ne toucherai pas à ton Djal.

Chapitre 6

La cabane rousse

Yun arpentait le cachot, pestant contre cet imbécile d'Enoghat à la solde d'Aël. Nafaël se dirigea vers lui et prit sa main pour essayer de le calmer.

— Viens, Grand-père, ton repas va refroidir.

Dans la large cellule sombre du sous-sol, les compagnons des collines rouges restaient silencieux, mangeant le maigre repas que l'on venait de leur apporter, un bouillon de légumes presque froid et du vieux pain rassis. Personne n'osait parler. Outre les bruits de cuillères, on entendait uniquement le plic-ploc régulier de gouttes d'eau tombant du plafond dans une flaque près de la porte. Le sol en terre battue et une unique ouverture dans la pierre rendaient la pièce particulièrement humide et l'air suffocant. Une lanterne isolée, à la bougie presque éteinte, leur apportait un peu de lumière.

Yun, l'échine courbée à cause de l'éreintant voyage des deux derniers jours, se tourna vers les autres fugitifs assis contre le mur le mieux éclairé. Abélia serrait fort contre elle Adénora et caressait ses doux cheveux châtains pendant qu'elle avalait une grosse bouchée de pain dur. Elle était trop petite pour comprendre la gravité de la situation et semblait être la seule à ne pas s'en inquiéter. Situé à leur gauche, Rik, les joues rougies par deux jours de marche en plein soleil, scrutait le sol d'un regard vague. Son fils adoptif Tilio triturait nerveusement le bracelet de cuir qu'il portait au poignet droit, ultime souvenir de son vrai père. Aénor, bras nus, frissonnait dans l'atmosphère moite. Elle fixa son tablier sali par la marche, et replaça les mèches de cheveux grisonnants qui tombaient de son chignon. Elle était épuisée. Des douleurs dues aux courbatures lui parcouraient les jambes et le dos.

— Je suis désolé, se lamenta Yun, c'est moi qui vous ai amenés ici. Je pensais vraiment que le roi nous aiderait.

— Ne le soyez pas, répliqua Tilio, vous ne pouviez pas savoir. Tout cela à cause des Wagils ! J'espère que Nessa et Nao auront réussi à leur échapper.

— Je l'espère aussi.

— Que vont-ils faire de nous ? demanda timidement la mère d'Adénora.

— Pour l'instant, rien, répondit le vieil homme. Mais si Aël vient nous réclamer, j'ai bien peur qu'Enoghat ne nous livre aux hommes-serpents.

La femme poussa un cri de frayeur en regardant sa fille.

— Même nos enfants ? Mais quel genre de souverain est-il ?

— Pas le mien, en tout cas, grommela Yun.

Ils entendirent un bruit dans la serrure. Ils se regardèrent avec angoisse, se resserrant les uns contre les autres. Yun, malgré son vieil âge, se tenait prêt à attaquer et à défendre sa famille. Tilio se leva près de lui. La porte s'ouvrit. Le séduisant Solen apparut dans l'ouverture. Il referma aussitôt la porte derrière lui et jeta un rapide coup d'œil dans la pièce.

— Vous êtes tous là, chuchota-t-il, c'est parfait. Vite, nous avons peu de temps.

— Que voulez-vous, Solen ? demanda Tilio, étonné.

— J'ai promis au prince que je veillerais sur vous, c'est ce que je fais. Je ne peux vous laisser ici à attendre que les Wagils viennent vous chercher.

— Mais, vous allez désobéir au roi...

— Mes ordres me viennent du prince, c'est à lui que je dois obéissance. Allez, en route !

Il ouvrit de nouveau la porte et inspecta le couloir. Yun l'interrompit en le saisissant par le bras,

— Attendez ! Où comptez-vous nous emmener ?

— À la cabane rousse.

— la cabane rousse ? répétèrent les autres sans comprendre.

Seul Yun ne fit pas de commentaire.

— Comment connaissez-vous cet endroit ? demanda le vieil homme.

— Le roi Aghar, avant de mourir, a révélé au prince Sigis l'existence d'un haut lieu de la résistance... menée par vous-même, n'est-ce pas ? Une cabane dans les bois, connue des rebelles seuls, afin de se cacher et organiser les actions interdites contre l'occupation wagile. Le prince Sigis a continué d'honorer votre mémoire et celle de son grand-père : il nous a convaincus, Kaïm, Aban, Aslin et moi, de poursuivre votre œuvre. C'est à la cabane rousse que nous nous réunissons. C'est un endroit connu de nous seuls. Enoghat n'en saura rien.

Le vieil homme le regarda plein de fierté et lui lâcha le bras.

— Nous vous suivons.

Solen jeta furtivement à nouveau un œil dans le couloir et guetta le signe du chevalier Aban.

— La voie est libre, allons-y. Mais surtout, ne faites aucun bruit !

***

Les trois compagnons d'infortune, épuisés par leur périple et leurs émotions, avaient fini par s'assoupir au coin du feu, après avoir englouti quelques fruits jonchant le sol de la prison de pierres. La fée Dana les observait, les yeux pleins de tendresse, les garçons d'abord, petits-fils de ses deux plus grands amis. Elle les avait vus naître. Elle les avait serrés dans ses bras alors qu'ils n'étaient que des bébés, si fragiles, si innocents. Vu ce qu'elle venait de découvrir, la descendance d'Aghar et de Yun se montrait digne d'eux. Et Nessaora… comme elle était belle !

Ses pensées furent soudain interrompues par de lourds bruits de pas. Le plafond de la grotte se mit à trembler.

— Réveillez-vous ! chuchota-t-elle en secouant Sigis par le bras.

— Que se passe-t-il ? s'inquiéta le prince en ouvrant les yeux.

— Anir arrive… c'est le matin… il vient me porter à manger. Il va sentir votre présence !

— Mais… comment sortir ? Il nous barre la route ! s'exclama Nao.

Dana se leva et indiqua du bout de ses mains entravées une ouverture dans la paroi du fond.

— Regardez là-bas ! Je me suis toujours demandé si cette brèche ne menait pas à un autre passage… comme je suis enchaînée, je n'ai jamais pu me rendre aussi loin. En revanche, je ne sais pas s'il débouche sur une sortie.

Sigis s'approcha aussitôt de l'ouverture :

— Elle a raison, il y a un passage, très mince, mais, en passant un par un en rampant, on devrait pouvoir se cacher un moment.

— Très bien, approuva Nao, je passe devant.

— Je te suis, continua Nessa, tremblante de peur. Cependant… et Dana ? Nous ne pouvons la laisser ici, elle n'y est que trop restée.

— C'est vrai, admit le prince en attrapant son épée.

Il se dirigea vers la prisonnière.

— Attendez ! Que faites-vous ?

— Je vous délivre ! répondit Sigis en portant un coup violent à l'anneau enfoncé dans la roche.

Le coup résonna dans tout le couloir précédant la cavité où ils se trouvaient. Ils entendirent le bruit effroyable du dragon en colère.

— Vos intentions sont bonnes, jeune prince, mais vous devez vous sauver ! Et sauver vos amis ! Vite, partez !

— Nao, renchérit ce dernier, emmène Nessa et cachez-vous, je vous rejoins !

Ils disparurent tous deux dans l'ouverture. Toute la grotte tremblait. Sous la puissance d'Anir, voulant forcer le passage trop étroit, les murs de pierre commençaient à s'écrouler. Le prince s'acharna à frapper les chaînes de toutes ses forces. Au bout de trois tentatives, l'anneau qui scellait les chaînes au sol céda enfin.

— Dépêchons-nous ! ordonna Sigis.

Il l'aida à passer dans la mince brèche et tous les quatre disparurent dans les profondeurs de la grotte, tandis que le dragon crachait des flammes de colère.

***

— Quoi ? hurla le roi Enoghat. Répétez-moi ça !

— Je... euh... les prisonniers... se sont... échappés... répéta le pauvre garde tremblant.

— Bande d'incapables, d'incompétents, de bons à rien ! rugit le souverain en balançant couverts, verres, assiettes et plats de la table.

Il se leva d'un bond, renversant sa chaise.

— Des femmes, des enfants et des vieillards ! Comment ont-ils pu échapper à votre vigilance ?

— Je... je..., bafouilla le garde confus.

— Eh bien, parlez, Joris ! encouragea le conseiller Karel, tout de noir vêtu comme à son habitude, assis sur sa chaise et grignotant son pain du matin.

— Ils ont forcément reçu de l'aide, la porte n'a pas été forcée.

— Comment ? s'exclama le roi, fortement contrarié, un traître ? Dans ma citadelle ? Mes gardes complotent contre moi ! Et vous, Joris, où étiez-vous ?

— Je ne suis arrivé que ce matin, mon seigneur, et il n'y avait plus personne.

— Qui était de garde cette nuit ?

— Je... je...

— Arrêtez de bredouiller, parlez nom d'un chien !

— Gun et Badin devaient prendre leur tour de garde au son des neuf coups de cloche, mais Aban et Aslin ont apparemment... insisté pour les remplacer.

Enoghat et Karel, abasourdis, le fixèrent un instant en silence puis se regardèrent.

— Aban et Aslin, répéta le souverain en détachant chaque syllabe, les hommes de mon fils...

— Sous les ordres de Solen, ajouta le conseiller perfide, ne vous avais-je pas mis en garde plusieurs fois, Sire, contre la présence néfaste de ce petit prétentieux aux côtés du prince ?

— Solen, maugréa Enoghat entre ses dents. Un traître ! Lui que j'ai élevé comme mon propre fils…

Il arpenta la salle à manger de long en large, les sourcils froncés, bouillonnant de rage. Ses doigts s'agitaient nerveusement sur son manteau en petits gestes saccadés jusqu'à ce qu'il se mette à crier en faisant de grands gestes en direction du plafond :

— Incroyable, inconcevable… me trahir ! Moi ! Dans mon propre palais ! Mes propres hommes !

Les deux autres le regardaient sans oser parler. Le roi s'arrêta net devant le jeune garde tremblant en le pointant de l'index :

— Toi ! Dis-moi, qui d'autre manque à l'appel ce matin ?

— Nous n'avons constaté que quatre absences, Votre Majesté : Solen, Aban, Aslin et Kaïm, les cavaliers de la section azur du prince Sigis.

Le roi poussa un grand soupir affligé et porta les mains sur son front, puis sa nuque. La nuit avait été courte. Pas à cause des prisonniers, non, il les pensait alors au fond de leur cachot ; mais la tendre Judith avait envoûté une fois de plus son lit et sa soirée.

— Si je puis me permettre, Votre Majesté, se risqua le conseiller Karel de sa petite voix de fouine, une rumeur raconte qu'au temps où votre père s'était mis en tête de résister au roi Aël, la bande de résistants formée par Yun se réunissait dans un lieu emblématique de la forêt…

— Oui, soupira Enoghat, j'ai entendu parler de cet endroit, « la cabane rousse ». Mais, malheureusement, mon père n'a pas eu la brillante idée de me donner la situation de ce lieu avant de mourir. Et je crains que le seul à savoir où il se trouve soit ce traître de Yun.

— Et maintenant l'armée de félons de Solen. À part les noms que vous avez déjà cités, Joris, poursuivit sournoisement le conseiller, connaissez-vous d'autres chevaliers qui pourraient obéir à ses ordres ?

Le garde sembla réfléchir un instant.

— Non, monsieur, je ne vois pas. Tous les gardes du roi lui sont fidèles.

Enoghat esquissa un sourire, les yeux perdus dans ses pensées. Encore de nouveaux soucis, et encore à cause de son imbécile de fils ! Il se sentait vieux et las de toutes ces histoires de traîtres et de cabane rousse. Las des idéaux de liberté du jeune prince que son grand-père, paix à son âme, lui avait mis en tête. Lui, Enoghat, n'aspirait plus qu'à la tranquillité, bien en sécurité dans la citadelle imprenable de ses ancêtres, à profiter des plaisirs de la vie en compagnie de la belle Judith, ou d'autres femmes d'ailleurs, et d'un bon verre de vin des collines rouges. D'ordinaire, il envoyait Sigis résoudre les problèmes sans intérêts du royaume. Après tout, c'était bien là son héritage. Mais cette fois, il devrait régler cette affaire lui-même. Et il en était fatigué par avance.

— Que fait la garde rouge ? demanda-t-il, résigné.

— Ils cherchent votre fils, seigneur, lui rappela fort poliment Karel.

— C'est vrai… qui pouvons-nous envoyer alors pour récupérer ces infidèles ? Il va nous falloir nos meilleurs hommes ; Solen a suivi la même formation que Sigis, il sera un adversaire redoutable.

— Peut-être pouvons-nous attendre le retour du prince ?

— Non, mon entêté de fils refusera que l'on s'attaque à son ami, nous devons régler cette affaire au plus vite.

— Seigneur, osa Joris.

— Que veux-tu ?

— Votre neveu Langloi et ses hommes de la section cyan me paraissent être des chevaliers dévoués, et particulièrement bien préparés au combat...

Le roi le fixa un instant, songeur.

— Tu as raison. Amenez-les-moi.

***

Avant midi, bien décidés à mettre la main sur la jeune fille, Magda et Aël se mirent en route pour les monts Tenenan. À la sortie du campement, ils aperçurent au loin des nuages de fumée.

— Le dragon s'agite, observa la fée, ils sont là-bas.

Chapitre 7

Anir

Depuis qu'ils avaient délivré la fée Dana et tenté d'échapper au dragon, Nao avançait prudemment en tête dans le tunnel obscur. Il tenait d'une main la pierre poussière d'étoile, de l'autre celle froide et tremblante de sa sœur. Le sol était irrégulier. Tantôt ils devaient ramper, tantôt les murs semblaient se rétrécir. Mais ils continuaient malgré tout, car il leur était impossible de faire demi-tour. Au-dessus de leur tête, ils entendaient les rugissements du dragon ; la pierre tremblait, le sol paraissait se dérober sous leurs pas. Nao n'avait qu'une crainte : que le chemin inespéré n'aboutisse pas. Derrière eux, ils entendirent une voix féminine.

— Nao ? Nessa ?

Ils s'arrêtèrent, soulagés.

— Dana ?

— Oui. Sigis est avec moi.

Ils les rejoignirent tant bien que mal dans un espace moins étroit. Nessa, épuisée, s'effondra dans les bras de Dana et se mit à pleurer. Elles ne se connaissaient que depuis quelques heures, mais la jeune fille se sentait rassurée par la présence de la fée protectrice du royaume, d'autant qu'elle avait été l'amie de son grand-père. Dana la serra contre elle et lui caressa tendrement les cheveux :

— Ne t'inquiète pas, ma belle, tout ira bien. Tu as été très courageuse, lui chuchota-t-elle à l'oreille.

— Nessa, intervint son frère en lui prenant la main, je sais que tu es fatiguée, mais nous devons avancer.

— Pour aller où, tu peux me le dire ? Ce tunnel s'avère sans fin ! Et nous ne pouvons plus retourner en arrière ! Le plafond va bientôt s'écouler sous nos têtes.

— Gardez espoir, chère Nessaora, souffla le prince Sigis, pour l'instant, il faut nous hâter avant que tout s'effondre.

Ils avaient à présent l'impression de descendre. Le plafond était plus haut et ils purent se relever. Cette galerie avait sans doute été creusée dans la roche par les flots jaillis des sommets à la suite de la fonte des glaces des milliers d'années auparavant. Ils avançaient à tâtons en suivant la paroi rocheuse et humide. Le corridor aboutit enfin à une cavité souterraine. La voûte s'élevait à une dizaine de mètres de hauteur. De minuscules cristaux, incrustés dans les parois ocre et beige, étincelaient. Perdu dans un monde de silence, un lac occupait la majeure partie de l'espace confiné. Dana s'approcha de la surface reflétant la beauté des crevasses du plafond. L'onde était claire et calme.

— Attention ! murmura Sigis, nous ignorons si ces eaux sont dangereuses.

— Pas d'inquiétude, jeune prince, ce lac n'est pas habité.

— Comment le savez-vous ?

La fée ne répondit pas et sourit simplement. Elle se mit à genoux et pencha sa tête en avant. Sa chevelure rousse tomba devant ses yeux et la pointe de ses cheveux frôla le bassin. Elle immergea ses mains en creux et but le liquide recueilli.

— Alors ? questionnèrent les trois autres, impatients.

— Elle est potable. Buvez, jeunes gens. Vous devez être assoiffés.

Ils s'approchèrent sans bruit, s'accroupirent près d'elle et trempèrent à leur tour leurs mains. Ils s'assirent sur la pierre froide dans l'obscurité et scrutèrent la grotte à la recherche d'une issue. Au-dessus de leur tête, des bruits sourds leur parvenaient. Anir, à leur poursuite, tentait de percer la montagne elle-même.

— Croyez-vous qu'il y ait une sortie ? demanda la jeune fille désespérée, je veux dire, une autre que celle d'où nous venons ?

Personne ne répondit.

***

Dans l'après-midi de cette chaude journée de fin d'été, Magda et Aël parvinrent enfin au sommet des monts Tenenan, elle en volant et lui se faufilant à travers les quelques herbes encore existantes. Ils retrouvèrent les cinq autres serpents devant la grotte : Djal l'héritier, Alim son confident, Bendir l'inconscient, ainsi que les féroces guerriers Aka et Beza. Le roi de Tanis se métamorphosa tandis que la fée se posait.

Djal prononça avec respect *Dibe* en voyant arriver son maître.

— Où en êtes-vous de la mission que je t'ai confiée ?

— Les fugitifs ont pris peur et se sont cachés dans la grotte du dragon. Nous attendons qu'ils sortent.

— N'y a-t-il pas une autre issue ?

—Je ne pense pas. Mais, depuis quelques instants, Anir est très agité, nous avons entendu beaucoup de bruit.

— Eh bien, déclara Magda, allons voir ce qui se passe.

Les Wagils la regardèrent avec effroi.

— Entrer dans l'antre du monstre ? As-tu perdu la tête ? rétorqua Aël.

— Doutes-tu de mes pouvoirs ? répliqua-t-elle, agacée.

— Après tout, fais ce que tu veux, conclut-il, nous allons t'attendre ici.

Le seigneur partit s'asseoir contre le tronc d'un arbre à demi calciné, passa les bras derrière sa nuque et fit mine de dormir. Les autres Wagils hésitants regardèrent leur chef, puis la fée, puis de nouveau leur chef. Djal, redevenu serpent, rejoignit son père dans les herbes jaunies ; les autres suivirent. La belle blonde, impatiente, tourna les talons et se dirigea nerveusement vers la grotte.

Le plafond tremblait et elle faillit recevoir une pierre détachée de la voûte. La lumière émanant de ses ailes suffisait à éclairer l'obscurité ambiante. Discrète et légère, elle savait se faufiler n'importe où d'une démarche assurée sans se faire remarquer. À la croisée des chemins que les trois compagnons avaient empruntés quelque temps auparavant, elle suivit le couloir d'où provenaient les bruits du dragon furieux. Elle vit bientôt apparaître la queue aux écailles rouges surmontée de piquants. Anir sentit la présence inconnue. Il cessa d'un coup tout grondement et se retourna doucement, provoquant au passage, à cause de sa grande taille, quelques éboulements de la paroi. Les naseaux fumants, les yeux enragés, la tête basse à cause du toit, il ne reconnut pas son ancienne maîtresse et ne vit qu'une ennemie venue lui prendre son plus grand butin. Sa gorge devint jaune, puis vira à l'orangé avant de s'assombrir vers le rouge. Il s'apprêtait à lancer son brasier sur l'importune. Mais la reine du feu anticipa l'attaque et, au moment même où les flammes ardentes sortirent de la gueule entrouverte, elle balança ses deux mains en avant et repoussa la fournaise, provoquant un retour de flamme vers le monstre. Celui-ci, abasourdi, recula d'un pas. Les yeux écarquillés, il commençait à grincer des dents quand Magda se mit à briller plus fort, resplendissante.

— Allons, Anir, est-il possible que tu m'aies oublié ? interrogea-t-elle en s'approchant de l'animal aveuglé qui tentait de détourner le regard.

Parvenue à sa hauteur, elle posa sa main blanche et délicate sur ses lèvres, comme pour lui refermer la bouche.

— Chut, sois bien calme, ce n'est que moi, susurra-t-elle à son oreille. Qui t'a mis dans cet état, dis-moi ? Sont-ils toujours ici ? Laisse-moi passer.

Le dragon affolé laissa passer la ravissante créature étincelante aux pouvoirs plus grands que les siens. La fée reconnut l'espace où elle avait elle-même emprisonné sa rivale vingt ans auparavant. Mais Anir venait de tout détruire et on ne voyait plus qu'un tas de grosses pierres. Si les fugitifs avaient été là, ils devaient être à présent ensevelis sous l'amas de cailloux. Elle retourna près de l'animal.

— Ils sont partis, n'est-ce pas ? Ils ont envahi ta tanière, ces sales fouineurs, c'est pour cela que tu es fâché ? Alors, cherche-les. Sors, vole, et retrouve-les.

Comme envoûté par une magie plus forte que sa volonté, Anir se dirigea vers la sortie et s'envola à la recherche de ceux qui avaient volé son trésor.

***

Nessa, adossée sur l'épaule de son frère, s'était endormie. Sigis scrutait la roche avec attention à la recherche d'un passage, d'un mécanisme secret, d'une brèche. Rien. Dana avait tenté de remonter le tunnel emprunté un peu plus tôt, mais les coups du dragon faisaient tout trembler et rendaient cet accès extrêmement dangereux. Ils n'avaient aucune idée de l'heure qu'il était, ni depuis combien de temps ils étaient ici. Anir semblait s'être calmé. Nao fixait, le regard vide, la surface de l'eau. D'un coup, il se redressa, réveillant sa sœur.

— Regardez !

Dana et Sigis le rejoignirent.

— Je ne vois rien, déclara le prince.

— Mais si ! Une lumière ! Regardez bien. Comme si c'était...

— ... une sortie, finit la fée.

Ils restèrent un instant silencieux à se dévisager.

— J'y vais, déclara Sigis en ôtant sa chemise.

— Non, coupa Dana, c'est trop dangereux, on ne sait pas ce que l'on va trouver là-bas.

— Il faut pourtant que quelqu'un aille voir !

— Alors j'irai, reprit la fée, il est trop important que le prince d'Idrasil, le descendant du roi Aghar, reste en vie !

— Non, conclut Nao. Vous êtes bien plus importants tous les deux pour le royaume qu'un pauvre paysan comme moi.

— Nao ! murmura Nessaora, terrifiée.

— Ne t'inquiète pas, tout ira bien, promit le jeune homme en la tenant par les épaules.

Le frère, déterminé, retira ses chaussures, défit sa tunique, remonta le bas de son pantalon jusqu'aux genoux, prit une grande inspiration et plongea. Il fut saisi par la fraîcheur de l'eau. Cependant, il reprit rapidement ses esprits et commença à nager vers la source de lumière. Heureusement, il allait souvent nager avec son petit frère au lac du

Trou béant, il avait acquis une bonne technique et savait maîtriser sa respiration. En s'approchant de la clarté, il remarqua un tunnel. Il hésita, mais, pensant à sa sœur et ses compagnons qui comptaient sur lui, il l'emprunta.

Sur le bord du lac, à l'intérieur de la grotte, les trois amis scrutaient nerveusement les profondeurs dans l'attente de le voir réapparaître.

***

Le soleil était déjà bien haut et brillait au-dessus de la forêt royale. Afin de brouiller les pistes, les habitants des collines rouges, ainsi que leurs sauveurs, s'étaient résolus à se séparer en deux groupes. Solen et Kaïm accompagnaient la famille Paol : Rik et sa femme Abélia, ainsi que leurs enfants Adénora et Tilio. Aban et Aslin étaient restés avec Yun, sa fille Aénor et Nafaël. Les premiers avaient suivi le chemin habituel jusqu'à la cascade, alors que Yun avait proposé aux deux chevaliers qui l'accompagnaient un raccourci vers la droite. Ils s'étaient promis de tous se retrouver, sains et saufs, à la cabane rousse.

Envoyés par le roi Enoghat, Langloi, le cousin de Sigis, et neuf de ses hommes parcouraient la forêt royale à cheval à la recherche des prisonniers et des déserteurs. Langloi n'était pas très grand, mais, après de nombreuses années d'entraînement au combat, il s'était bâti une solide carrure. Ses longs cheveux noirs peu soignés entouraient un visage carré. Il scrutait de ses yeux bleu-gris chaque parcelle de la forêt d'un regard perçant tel un faucon prêt à fondre sur sa proie. Fier et déterminé, il n'aspirait qu'à prendre la place de son cousin sur le trône à la mort du roi. Cette mission tombait à pic : s'il arrivait à prouver sa valeur en ramenant à Enoghat les infidèles au service de Sigis, il pourrait accéder à de plus hautes responsabilités. Après tout, le prince s'était mis seul dans cette situation, et lui n'avait plus qu'à en profiter. Encore fallait-il retrouver ces maudits paysans. Il rejeta en arrière, d'une main vigoureuse, une mèche de cheveux qui tombait sur son front ample. Où pouvaient-ils donc se cacher ?

Comme à son habitude, Solen marchait en tête, suivi de l'aîné des Guéric, qu'il commençait vraiment à apprécier pour sa simplicité et son naturel. Derrière se traînaient les parents et la petite fille, effrayés ; Kaïm fermait la marche, l'épée à la main. Tous avançaient silencieusement. Soudain, le chevalier blond s'immobilisa et tendit l'oreille.

— Que se passe-t-il ? s'inquiéta Tilio en chuchotant.

— On dirait... des bruits de sabots. Le roi a envoyé des cavaliers à nos trousses. Vite, cachons-nous.

Il s'éloigna du chemin forestier, serpenta entre les arbres feuillus, trouva un fossé creusé par les nombreuses pluies, s'y précipita, suivi des autres. Ils attendirent quelques secondes en silence, lorsqu'ils perçurent le son des chevaux au galop se rapprochant. Le jeune chevalier osa tourner la tête dans leur direction au moment où ils passaient à proximité de leur cachette. Il reconnut alors le premier des cavaliers, qui affichait un air arrogant et hostile.

— Langloi, chuchota-t-il.

— Qui est Langloi ? s'inquiéta Tilio.

— Le neveu d'Enoghat.

— Combien sont-ils ? demanda Kaïm.

Solen ne répondit pas et lui fit signe qu'ils étaient dix. Les cavaliers passèrent sans les voir, continuant leur route.

— Ils vont dans la même direction que nous... Nous devons faire demi-tour et rejoindre nos amis partis à l'est. J'espère qu'ils parviendront à leur échapper également.

***

Nao était parti depuis quelques minutes déjà.

— Et s'il s'était noyé ? s'inquiéta Nessa, et s'il ne remontait pas ? Et si une créature sous-marine l'avait emporté ?

— Patience, jeune fille, dit Dana pour tenter de la rassurer.

Soudain, ils aperçurent une ombre se profiler sous l'eau et se diriger vers eux.

— C'est lui ! s'écria Dana.

En effet, Nao surgit. Nessa se jeta à son cou sans lui laisser le temps de sortir de l'eau. Il était mouillé et frais, mais ravi.

— Alors ? s'enquit Sigis en lui prenant la main pour le sortir de l'eau.

— Alors..., répéta Nao, essoufflé, en ménageant son effet.

Ses trois compagnons étaient suspendus à ses lèvres. Il sourit.

— Alors, un passage sous l'eau mène à une chute d'eau à l'extérieur.

Ils poussèrent un cri de soulagement.

— Bien, décida Dana en se préparant à plonger, allons-y ! Nao passera devant pour nous montrer le chemin, Nessa le suivra, puis vous, prince. Je passerai la dernière pour m'assurer que tout va bien.

Sigis défit également ses chaussures et remonta son pantalon. Cependant, il jugea préférable de ne pas quitter sa cotte de mailles. Même si elle était lourde, il avait suffisamment d'endurance pour nager avec, et elle lui serait indispensable en cas de combat contre un Wagil pour défendre la belle brune. Cette dernière attrapa le bas de sa jupe et commença à déchirer le tissu au-dessus du genou, découvrant ainsi ses fines jambes.

— Mais, demanda son frère surpris, que fais-tu ?

— As-tu déjà essayé de nager avec une robe longue jusqu'au mollet ? répondit sa sœur.

Dana sourit. Sigis ne put s'empêcher d'admirer la douceur de cette jeune fille. Nessa attrapa ses longs cheveux et les ramena devant elle pour les tresser. Elle prit un morceau du tissu pour nouer l'extrémité de la natte.

— C'est bon, s'exclama-t-elle, impatiente de sortir de l'obscurité froide et silencieuse, je suis prête.

Ils plongèrent dans le lac. Le tunnel remontait bien vers la chute d'eau, comme l'avait indiqué Nao. Ils se trouvaient à présent de l'autre côté des monts Tenenan, sur une plate-forme en altitude. Une cascade venue des sommets avait formé un bassin peu profond également relié à l'intérieur de la montagne d'où ils étaient sortis. Le bassin se déversait ensuite sur le versant ouest par une rivière tumultueuse. Face à eux, derrière trois sommets arrondis d'altitude bien modeste apparurent les immenses forêts d'Eona. Alors qu'ils se réjouissaient d'être enfin sortis, mouillés, mais sains et saufs, ils entendirent un rugissement effroyable venu du ciel.

Le dragon Anir surgit soudain devant eux.

***

Solen était parvenu au bassin. Caché derrière un chêne à l'énorme tronc, il guettait l'entrée de la grotte secrète. Il ignorait si l'autre groupe avait réussi à passer sans encombre. Ses camarades attendaient son signal un peu plus loin. Sur la rive face à lui, les dix cavaliers patrouillaient, sans succès. Le neveu d'Enoghat s'était arrêté, inflexible. Il passa sa main sur son collier de barbe taillé et soupira d'impatience. Solen fit signe à ses compagnons de ne plus bouger.

Langloi enrageait de cette chasse vaine. Le visage renfrogné, il ordonna à ses hommes de se séparer. Laissant passer quelques secondes après leur départ, l'ami du prince prévint les autres afin qu'ils s'approchent. Ils longèrent la roche jusqu'à la cascade. Lorsqu'ils arrivèrent près de l'eau, Tilio retint son bras :

— Attendez, s'il faut nager, je ne suis pas sûr que ma petite sœur…

— Pas d'inquiétude, pas besoin de plonger, rassura le blondinet. Attention toutefois, la pierre est glissante.

Il longea la paroi, passa son bras au travers de la chute, puis tout son corps parut disparaître. Tilio sursauta avant de comprendre : la cascade cachait en réalité l'entrée d'une grotte. Il s'élança et rejoignit Solen, suivi d'Adénora, de ses parents et de Kaïm.

— T'es-tu assuré que personne ne nous a vus ? demanda le chef à son second.

Le chevalier acquiesça. Ils longèrent un tunnel obscur traversant la colline et débouchèrent sur une clairière. Tilio n'avait jamais eu l'occasion de venir dans la partie ouest du royaume et n'était pas très familier des cartes. Il pensa qu'ils devaient se trouver à la frontière de Zakia, peut-être au sud du lac Bleu. Les arbres y étaient gigantesques. Solen bifurqua vers la gauche et s'approcha d'un immense conifère. Il tâta le tronc ; l'écorce se souleva à un endroit précis et un mécanisme apparut. Le soldat s'assura une dernière fois que personne ne les surveillait et actionna l'engin. Une échelle tomba du ciel.

— Allons-y, ordonna-t-il.

Une cabane secrète au sommet des arbres, dans une clairière cachée par une cascade, quelle cachette incroyable ! pensa Tilio.

Chapitre 8

La fuite

— Surtout, pas de mouvement brusque, chuchota la fée.

Sigis sortit doucement son épée, heureusement conservée, tandis que les trois autres s'étaient écartés lentement du bassin. Ses vêtements imprégnés d'eau le ralentissaient. Des gouttes tombaient de ses cheveux sur son visage. Il se dressa en combattant, fier, devant le dragon et le fixa dans les yeux. Ce dernier replia ses ailes. Sa queue surmontée de piquants se balançait de droite à gauche, provoquant d'importants déplacements d'air. Dévisageant l'homme inconscient se tenant devant lui, il grogna en ouvrant la gueule, laissant découvrir d'immondes dents pointues. Les écailles rouges et blanches de sa gorge commencèrent à virer vers le jaune-orangé.

— Attention, prévint Dana, il s'apprête à cracher du feu !

Sigis courut vers le bassin et eut juste le temps de plonger avant d'être rattrapé par les flammes. Ainsi immergé, il vit le feu s'éteindre sur l'eau au-dessus de sa tête. Pendant ce temps, la fée, Nessaora et

Nao s'étaient précipités derrière un immense rocher. Anir poussa un terrible rugissement et continua son chemin vers la chute d'eau. Sigis remonta à la surface pour respirer, mais, voyant le dragon arriver, il replongea aussitôt.

— Il faut aider le prince ! s'exclama Nao dont les gouttes dégoulinaient encore sur son torse nu.

— Que pouvons-nous faire ? s'enquit sa sœur.

— Je crois que j'ai une idée, mais c'est très risqué, dit Dana.

— Avons-nous vraiment le choix ? rétorqua le jeune homme. Que proposez-vous ?

— Si Anir m'a gardée en vie toutes ces années, c'est qu'il me voulait près de lui. Je pense que c'est moi qu'il est venu chercher. Je vais donc me livrer à lui pour faire diversion et, là, vous pourrez l'attaquer.

— Effectivement, acquiesça Nessa, horrifiée, c'est extrêmement risqué !

Au loin, ils aperçurent Sigis tenter de sortir de l'eau, mais Anir balança sa queue et envoya ainsi le prince s'écraser contre un rocher. Le monstre se dirigea alors vers sa proie pour l'achever.

— Nous n'avons pas le choix, déclara Nao, allons-y, ou notre ami va se faire tuer. Nessa, tu restes là.

Elle eut à peine le temps d'ouvrir la bouche pour contester que Dana s'était levée. Elle se dirigea vers le dragon et s'interposa entre Sigis et lui.

— Anir, calme-toi, je suis là, cria-t-elle au dragon.

Ce dernier l'observa et baissa la gueule vers elle. Il renifla son odeur. C'était bien son trésor. Nao, profitant de l'occasion, saisit le couteau attaché à sa ceinture, courut vers la bête monstrueuse, s'agrippa à son oreille et profita de son élan pour sauter sur sa nuque. Le dragon se releva aussitôt. Furieux, il balança alors la tête de gauche à droite afin de déloger l'intrus. Le jeune paysan, s'accrochant de toutes ses forces aux écailles, fit tomber son couteau. Tandis que Dana essayait de le calmer, elle reçut un coup de patte et tomba quelques mètres plus loin. Désespéré, Nao aperçut avec étonnement une corde autour du cou du dragon. Il l'empoigna de toutes ses forces, mais Anir vrilla d'un violent mouvement d'épaules. La corde céda, entraînant la chute du jeune homme. Nessaora se précipita vers lui alors qu'il gisait, inconscient. D'une manière totalement inattendue, une petite pierre ronde glissa du fil et roula jusqu'à Dana.

— Mais c'est...

Elle n'eut pas le temps de finir sa phrase. Elle empoigna la roche dorée ornée d'un cerf bleu. Aussitôt, elle se mit à briller. Deux ailes fines, vertes et transparentes, se déployèrent dans son dos. Recouvrant d'un seul coup ses forces, elle se releva. Sa longue chevelure rousse flottait dans le vent. À la stupéfaction de tous, la fée d'Idrasil venait de récupérer son talisman. Toutes ces années, il avait attendu sagement sur la gorge du dragon le moment de retrouver à sa propriétaire. Elle ferma les yeux. Elle sentait dans tout son corps son pouvoir revenir. Elle tendit l'oreille et les entendit. Les animaux. Elle les percevait, les comprenait, leur parlait.

Soudain, une nuée d'oiseaux s'approcha du visage d'Anir et l'entoura. Le dragon, étourdi, s'agitait dans tous les sens pour les chasser, mais d'autres volatiles arrivaient encore. Sigis, sortant de sa torpeur, ramassa son épée et se dirigea vers lui, plus déterminé que jamais. La bête ne le vit pas venir. Il leva son arme et tenta de le frapper à la poitrine, mais les écailles étaient trop résistantes et son effort ne réussit qu'à énerver un peu plus le monstre. Le prince se faufila entre ses jambes, manquant de lui faire perdre l'équilibre.

— Son point faible, c'est son cou, lui cria Nao qui venait de reprendre ses esprits, ses écailles y sont plus fines !

Comprenant ce qu'il devait faire, Sigis enfourcha la queue du dragon et commença à grimper le long du corps de l'horrible bête. Au même moment, trois loups gris, venus des hauteurs de la montagne sous l'influence du pouvoir de Dana, se précipitèrent vers les pattes d'Anir et le mordirent. Le dragon ne savait plus où donner de la tête ; il se débattait pour mettre en fuite les animaux autour de lui et le jeune homme sur son dos. Sigis parvint enfin, non sans difficulté, vers le cou d'Anir, manquant plusieurs fois de tomber. Il serra ses jambes autour du corps du monstre et évita de justesse la queue qui fondait sur lui. Il empoigna à deux mains son épée et frappa un grand coup dans sa gorge. La créature poussa un rugissement monstrueux et, se cabrant de douleur, délogea l'intrus. Les loups, pris de panique, se sauvèrent vers les rochers. Dana se précipita pour aider Sigis, avant qu'il ne soit écrasé par le dragon s'écroulant à terre.

Un silence soudain s'installa sur la plate-forme rocheuse. La fée ordonna aux oiseaux de partir. Elle s'approcha du monstre agonisant, malgré les mises en garde du prince, et posa sa main compatissante sur son front rugueux :

— Je suis désolée, Anir.

Le dragon la regarda, ferma les yeux et, dans un dernier soupir, s'éteignit. Nessaora aida son frère à se relever, puis, le tenant par la taille, ils rejoignirent le prince. Il était affalé à terre, épuisé. La jeune fille se pencha vers lui :

— Vous êtes blessé, prince ? s'inquiéta-t-elle d'une voix douce.

— Je vais bien, répondit-il en retrouvant d'un coup sa vigueur.

— Quel combat ! s'enthousiasma Nao en lui tendant la main pour l'aider à se lever, vous êtes un sacré chevalier !

— Vous n'êtes pas mal non plus, répondit-il en souriant.

Une fois debout, ils s'observèrent : le torse nu de Nao était couvert de griffures, son pantalon sale, gorgé d'eau et déchiré, son visage terreux et en sueur. Sigis se trouvait à peu près dans le même état. Il secoua ses vêtements humides et pleins de sable ; seule, sa cotte de mailles avait bien résisté à l'attaque. Il passa la main sur une plaie au niveau du sourcil gauche qui saignait encore un peu. Seule Nessa, volontairement écartée du combat, avait gardé toute sa fraîcheur. Ils virent alors une dizaine de petits écureuils se précipiter vers eux ; ils portaient chacun entre leurs pattes des baies diverses. Les trois amis se tournèrent vers Dana rayonnante, enveloppée d'une lumière verte :

— Une juste récompense pour vos efforts, dit-elle en souriant.

Les jeunes gens remercièrent les petites bêtes et avalèrent sans plus attendre les fruits proposés. Nao rompit en premier le silence :

— Votre talisman a toujours été ici, près du dragon ?

— Apparemment, répondit la fée en s'asseyant près d'eux.

— Et votre pouvoir est de parler aux animaux ? demanda Nessaora.

Dana n'eut pas le temps de répondre qu'une colombe vint se poser sur son épaule. D'un coup, elle sembla inquiète.

— Que se passe-t-il ? demanda le prince.

— Magda est ici. Elle est furieuse. Il vous faut partir au plus vite.

— Au plus vite ? Encore ? se lamenta Nessa.

La fée se tourna vers les forêts face à eux.

— Vous trouverez chez ma sœur Sylvia toute la protection nécessaire.

— Vous voulez que l'on traverse les forêts d'Eona ? Mais elles sont pires qu'un labyrinthe ! Sans oublier les Duergards, ces nains magiciens qui les hantent en pratiquant la magie noire…

— C'est ça, ou subir la colère du feu de Magda.

— Mais, vous venez avec nous, n'est-ce pas ? s'inquiéta Nessa.

— Non, ma place est ici, à Idrasil. Maintenant que j'ai récupéré mon pouvoir, je dois protéger les habitants de ce royaume, en commençant par les jeunes filles que le roi Aël a enlevées. Il faut aussi que je m'assure que votre famille va bien. N'ayez crainte, vous êtes entre de bonnes mains. Jamais je n'ai rencontré de combattants aussi courageux que Nao et Sigis. Ils veilleront bien sur vous.

Le prince et le paysan acquiescèrent. Nessaora serra très fort Dana dans ses bras et rejoignit son frère qui entamait la descente de la montagne près de la rivière. Alors qu'il s'apprêtait à les suivre, le prince fut interrompu par la fée :

— Votre grand-père serait très fier de vous, Sigis.

— Merci.

— Une fois parvenus dans les forêts, cherchez la demeure du roi Damos. La fée Sylvia vit là-bas. Expliquez-lui que vous venez de ma part, elle vous protégera. Une fois que la jeune fille sera en sécurité, revenez dès que vous pouvez. Je sens qu'Idrasil aura bien besoin de vous. Dépêchez-vous à présent, les Wagils arrivent.

— Prenez bien soin de vous en attendant, Dana. Le bien-être d'Idrasil requiert les pouvoirs de sa fée.

Il sourit et rejoignit ses compagnons.

***

Magda se posa sur le plateau et replia ses ailes. Elle vit le dragon effondré à terre, s'approcha froidement de lui, puis scruta l'horizon. Aël, suivi des cinq autres Wagils transformés en serpents, la rejoignit. Ils commencèrent leur mutation. Le seigneur de Tanis observa le dragon mort.

— Que s'est-il passé ici ? se contenta-t-il de demander, impassible.

— On dirait que nos fugitifs sont plus coriaces que prévu, répliqua la fée blonde.

Elle fut d'abord intriguée de trouver à terre des dizaines de plumes d'oiseaux et de poils de loups, comme si des animaux, poussés par une magie inconnue, avaient pris part au combat. Elle commençait à redouter le pire lorsqu'un objet à terre, quelques mètres plus loin, attira son attention : une corde, vieille et usée. Elle la ramassa et la reconnut aussitôt.

— Dana, murmura-t-elle, la voix pleine de rage.

— Dana ? répéta le roi des serpents surpris. Comment est-ce possible ? Anir ne l'a pas dévorée ?

— Apparemment non… et je crois qu'elle a récupéré son talisman.

Ils entendirent du bruit provenant du col par lequel ils étaient arrivés. Aël ordonna, d'un geste de tête, à ses lieutenants de s'y rendre.

— Qu'en penses-tu ? demanda-t-il.

— La fille et son protecteur ont dû trouver Dana dans la grotte d'Anir, l'ont libérée, et elle les a aidés à vaincre le dragon.

— Nous avons donc affaire à un combattant exceptionnel.

— À qui penses-tu ? Yun ?

— Yun doit être bien vieux aujourd'hui, s'il n'est pas déjà mort.

C'est alors qu'Aka et Beza reparurent, traînant chacun par les bras un chevalier vêtu d'or et de rouge.

— Seigneur, nous avons suivi le bruit au-dessus de la montagne, et nous venons de trouver ces deux imprudents.

— Des gardes rouges, observa Aël. Peut-on savoir pourquoi Enoghat envoie ses meilleurs hommes sur les monts Tenenan ?

— Cela ne vous regarde pas, répondit sèchement le garde porté par Beza.

Aël esquissa un sourire mauvais.

— Sais-tu qui je suis, soldat ?

— Vous êtes Aël, le chef des Wagils, seigneur de Tanis. Je suis le capitaine de la garde rouge d'Enoghat. Je ne vous crains pas.

— Ah non ? ajouta la fée. Et de quoi as-tu peur ? Du feu peut-être ?

Sur ses paroles, elle déplia sa main devant lui, une flamme apparut. Le cavalier sursauta, mais c'était trop tard. Elle posa sa main sur son haubert qui s'enflamma aussitôt. Beza le lâcha de peur d'être brûlé lui aussi. Son camarade le regarda s'embraser avec effroi. Magda s'approcha de lui :

— Vas-tu répondre à la question ou préfères-tu connaître le même sort que ton ami ?

— Non, pitié, je vais parler !

— Soit, approuva la fée en refermant sa main. Nous t'écoutons.

— Le… le roi Enoghat nous a envoyés… à la recherche de son fils… Sigis… pour le ramener au plus vite à la citadelle.

— Et que fait le prince si loin de chez lui ?

— Il… il s'est mis en tête de sauver… euh… les jeunes filles que… vous avez… enlevées.

— Quoi ? s'écria Aël, est-ce le roi qui a donné l'ordre de me désobéir ? Ces terres m'appartiennent, ainsi que les gens qui y vivent !

— Bien sûr, répliqua le garde tremblant de peur, Sigis a pris cette initiative de lui-même ; son père le désapprouve totalement. C'est pourquoi il nous a envoyés à sa recherche.

— Pourquoi être venus à Tenenan ? Vous pensez qu'il est ici ? demanda Aël.

— Notre chef a pensé que c'était la cachette la plus proche des collines rouges.

— Des collines rouges, dis-tu ? C'est de là qu'il vient ? Est-il avec une fille ?

— D'après nos informations, il cacherait une demoiselle avec l'aide de son frère.

Le roi et la fée se regardèrent.

— C'est donc le prince qui aurait... tué le dragon, conclut Magda. Digne descendant d'Aghar. Toi ! Pourquoi Sigis voudrait-il sauver cette fille en particulier ?

— C'est...

Le garde hésita un moment avant de répondre.

— Eh bien, parle !

— C'est la petite-fille du chevalier Yun et Yun était...

— Le meilleur ami d'Aghar, je suis au courant, l'interrompit Aël.

Le chef Wagil s'éloigna pour réfléchir.

— Nous voilà, vingt-cinq ans après, rattrapés par les descendants de nos vieux ennemis, rétorqua Magda. Une nouvelle génération de rebelles.

L'homme-serpent se retourna brutalement :

— Il n'est pas question de laisser les traîtres se dresser à nouveau contre nous à Idrasil ! Enoghat a signé un traité de paix, il doit respecter les termes de notre accord et chasser les résistants, y compris son propre fils ! Je me rends à la citadelle.

— Et pour la fille ?

— Cette fille, son frère et le prince ont tous les trois choisi de contredire mes ordres. Ils connaîtront la sentence réservée aux rebelles. Djal !

— Oui, seigneur...

— *Nye muto, sya zo,* rattrapez la fille, tuez les deux autres. Tous les cinq. Et ne revenez pas avant que ce soit fait.

— *Ele, Dibe.*

***

Sur le dos d'un cheval gris, cachée sous un capuchon bleu dérobé au passage près d'un champ pour qu'on ne la reconnaisse pas, Dana traversait les prés d'Idrasil. Seule une mèche de cheveux roux dépassait et lui fouettait le visage. Depuis son départ quelques heures plus tôt des monts Tenenan à l'extrême ouest du royaume, elle avait d'abord volé au-dessus d'une région peu fréquentée jusqu'à Neven. Toutefois, craignant d'attirer l'attention, elle avait replié ses ailes fraîchement retrouvées et appelé de son pouvoir cet animal plus discret. Ayant contourné la ville par l'est afin d'éviter la grande porte, elle laissa l'étalon à l'entrée de la forêt royale. Elle connaissait cette route par cœur. Elle avait elle-même découvert cette cachette pour la résistance. Des dizaines de souvenirs lui revinrent à l'esprit.

Se faufilant parmi les arbres, elle parvint rapidement à la cascade alors que la nuit commençait à tomber. Le jet d'eau prenait sa source quelques mètres plus haut dans le lac Bleu, alimentant la rivière Tekla jusqu'à Neven. La fée s'approcha de la pierre et posa sa main. Elle longea la paroi abrupte. Même dans le noir, elle pouvait se repérer dans cet endroit si familier. Passant derrière la chute d'eau, quelques gouttes froides lui tombèrent sur le visage. Elle frissonna. Elle traversa la grotte et parvint à la clairière. Cet endroit était tel qu'elle l'avait laissé, une vingtaine d'années auparavant. Elle abaissa sa capuche. Ses longs cheveux roux et or tombèrent le long de son dos. Là, elle ne craignait plus personne. Les seules personnes à connaître cet endroit étaient mortes, à l'exception de Yun. Elle se demanda s'il avait continué de venir là, s'il avait entretenu la mémoire de leurs amis disparus. Elle s'approcha de l'arbre, déploya ses ailes vertes transparentes et s'envola.

***

En réalité, la « cabane rousse » n'était pas qu'une simple bicoque, mais plutôt un ensemble de constructions en bois, de planches et de rondins, au sommet des arbres. Afin d'être invisibles du sol même l'hiver, les premiers rebelles d'Idrasil avaient choisi à cet effet cinq grands arbres majestueux assez rapprochés, au feuillage persistant, au tronc robuste et aux fortes branches. Une fois le mécanisme actionné, on montait le long d'une échelle menant à une première plate-forme d'accueil. Chaque arbre était ensuite relié au précédent et au suivant par des passerelles en bois, et des cordes suspendues entre les branchages à plus de vingt mètres du sol, formant ainsi un circuit appelé le « chemin de ronde ». Pour grimper au sommet de chacun d'eux, où l'on avait bâti des cabanons nommés « postes de garde » prévus pour une seule personne, des planches avaient été clouées sur les troncs, et seuls des hommes suffisamment agiles et entraînés pouvaient y accéder. L'habitation centrale se trouvait sur le troisième arbre, parce qu'il était le plus gros et que son accès était plus difficile, donc plus sécurisé. Elle était constituée d'une salle principale, utilisée pour les repas et les réunions, et d'une plate-forme supérieure consacrée aux couchages, d'une capacité d'accueil d'une dizaine de personnes. Deux autres huttes plus petites se trouvaient également sur les arbres adjacents, dont l'une servait aussi de salle d'armes. Au total, une vingtaine de personnes pouvaient vivre de façon rudimentaire à la cabane rousse.

Assis autour de l'unique table en bois de la baraque centrale, Aénor, le couple Rik et Abélia et Tilio se partageaient un maigre repas. Ils commençaient enfin à se sentir en sécurité. Aban et Aslin exécutaient un tour de ronde au-dessus de la clairière. Kaïm avait grimpé plus haut au poste de garde. Yun et Solen, restés debout faute de place, se tenaient le long du mur et cherchaient une solution durable. Les deux jeunes enfants jouaient à leurs pieds avec des cailloux, des bouts de bois et des feuilles. Tilio leur avait taillé des petits animaux dans une branche. Le mobilier était sommaire : une table, quelques tabourets, des seaux, des coussins, des couvertures. Sur l'étagère, près du vieil homme, restaient quelques fruits. Il regarda ses amis épuisés, mit les fruits dans son assiette et s'approcha de la table pour les leur proposer. D'un coup, il se figea.

Dans l'embrasure de la porte, une silhouette féminine apparut. Il la reconnut aussitôt. L'assiette lui échappa des mains, provoquant un grand bruit. Tous les autres sursautèrent et s'arrêtèrent de parler en le regardant.

— Grand-père ? s'inquiéta Nafaël.

Les mains tremblantes, les sourcils levés et la bouche entrouverte, Yun ne bougeait plus. Blême, il fixait sans y croire la créature et tomba à genoux. Elle s'avança, illuminant la pièce d'un éclat vert.

— Dana ? s'écria Aénor, stupéfaite, en se levant brusquement de son tabouret.

Les larmes lui vinrent aux yeux. Quand elle avait rencontré Yun, la jolie rousse était devenue un peu comme sa mère, même si, physiquement, elles paraissaient alors avoir le même âge.

— Bonjour, Aénor, répondit tranquillement la fée, ravie de retrouver des visages amicaux.

— Mais…, bredouilla-t-elle, tu es…

Dana sourit.

— Oui, je suis vivante, c'est bien moi.

Elle s'avança près du vieil homme, se baissa et lui prit les mains.

— Bonjour, Yun.

Il se mit à pleurer. Elle le serra dans ses bras. Un grand silence se fit. Solen, estomaqué, osa interrompre cet instant.

— Vous êtes… la fée ?

Elle lâcha son ami.

— Oui. Je sais que vous avez plein de questions. Je vais tout vous raconter. Mais laissez-moi d'abord vous rassurer : j'ai croisé le prince, Nao, et Nessaora. Ils vont bien.

— Oh ! Quel soulagement ! déclara Aénor, s'écroulant sur son siège.

Dana aida le vieil homme à se lever et conta son histoire à l'assemblée subjuguée.

***

Quelques instants plus tard, le récit des derniers événements terminés, les amis commencèrent à ressentir la fatigue, les pensées pleines d'aventures chevaleresques. Solen invita les femmes et les enfants à rejoindre la plate-forme supérieure couverte de paille afin de s'y allonger. Yun, Solen, Tilio, Rik et Dana se dirigèrent vers le chemin de ronde à l'extérieur du refuge pour discuter sans les déranger.

— Que comptes-tu faire maintenant ? demanda Yun à son amie.

— Ce pour quoi j'existe : protéger Idrasil et ses habitants.

— Mais comment ? soupira Solen. Le roi, à la solde d'Aël, laisse les Wagils s'emparer de nos femmes et nos terres. Le prince Sigis est en fuite. Ce traître de Langloi à nos trousses. La cabane rousse est bien trop petite pour accueillir les réfugiés. Et nous ne sommes que quatre soldats.

— Cinq ! rétorqua Tilio. Je me battrai jusqu'au bout à vos côtés !

— Malheureusement, déplora Yun, je suis bien trop vieux maintenant pour pouvoir vous aider.

— Au contraire, l'encouragea Dana en posant sa douce main sur son bras, tes amis et ta famille ici ont bien besoin de toi. Quant à nous, chevalier Solen, il est de notre devoir de délivrer les pauvres jeunes filles emprisonnées par Magda.

— Vous voulez attaquer le camp wagil ? Il nous faut un plan.

— J'en ai un, rappelez vos hommes et suivez-moi.

Alors qu'elle se dirigeait vers l'entrée de la cabane, Yun l'arrêta en lui prenant la main.

— Dana, surtout sois prudente… Je viens juste de te retrouver, je ne voudrais pas te perdre encore une fois.

Elle caressa sa joue ridée.

— Ne t'en fais pas pour moi.

— Je m'en veux tellement de t'avoir abandonnée.

— C'était la meilleure décision à prendre, et tu le sais. Je n'aurais pas permis que tu sacrifies le bien-être d'Idrasil pour moi.

— Regarde-nous, vingt ans ont passé… Je suis si vieux maintenant et, toi, tu es toujours aussi jeune, aussi belle.

— C'était notre destin, nous l'avions accepté. Notre amour était impossible. Aujourd'hui, tu as ta famille et moi…

Elle jeta un coup d'œil vers les cinq hommes autour de la table.

— Toi, continua Yun, tu auras toujours de jeunes et courageux chevaliers prêts à te suivre au bout du monde.

Elle sourit.

— Dans mon cœur, tu seras toujours le plus courageux de tous.

Elle posa un baiser sur sa joue fatiguée. Il sourit et la laissa rejoindre sa nouvelle armée.

***

Les trois jeunes gens, dans un bien triste état, avaient commencé par suivre les bords du cours d'eau pour redescendre le plus haut des monts Tenenan. Toutefois, ils avaient rapidement été bloqués par une paroi trop abrupte et avaient rebroussé chemin, avec constamment la peur de tomber sur des combattants wagils. Ils firent un détour par l'ouest, longeant une mince corniche, les corps suspendus au-dessus du vide. Ils ne parlaient pas, sauf lorsque cela leur était nécessaire pour indiquer une direction ou un obstacle. Le prince en tête, comme toujours, la jolie Nessaora à sa suite, son grand frère à l'arrière, ils avançaient pieds nus d'un pas léger sur la pierre glissante et coupante. Aucun chemin ne semblait se distinguer dans la masse grise, comme si cette région n'avait jamais été fréquentée par l'homme, du moins, pas depuis des centaines d'années. Ils devaient donc se frayer eux-mêmes des passages parmi les pierres, escaladant, sautant, dégringolant parfois. La nuit était rapidement tombée et les deux garçons étaient épuisés par leur combat contre le dragon. Alors, lorsqu'une mince ouverture, légèrement dissimulée derrière un pan de la montagne, s'était présentée à eux, ils n'avaient pas hésité à s'y engouffrer pour s'y reposer. Ils avaient faim, mais aucune nourriture n'apparaissait dans ce désert rocheux. Il n'était pas non plus question d'allumer un feu avec les hommes-serpent à leurs trousses.

— Nous ne devons pas dormir plus de quelques heures, conseilla le prince. Les Wagils ne sont pas loin et, si nous restons sur place, ils ont plus de chance encore de nous trouver.

— Je commencerai par monter la garde, affirma Nessaora. Je suis la moins essoufflée.

— Réveille-moi dès que tu sentiras venir la fatigue, proposa son frère en bâillant.

Malgré l'inconfort de l'endroit sombre où ils se trouvaient et la fraîcheur de l'air, il appuya sa tête contre le mur et s'assoupit aussitôt. Le prince semblait hésitant à l'idée de laisser la jeune fille veiller seule. Il s'assit près d'elle. Leurs coudes se frôlèrent, mais aucun des deux n'eut l'envie de s'en écarter.

— Vous ne dormez pas, Sigis ? chuchota-t-elle afin d'éviter d'être entendue par les hommes à leur poursuite, ou de réveiller son frère.

— Je suis bien trop inquiet pour trouver le sommeil.

— Depuis que nous sommes petits, notre grand-père nous raconte tous les soirs une des aventures fantastiques de sa jeunesse pour nous endormir. Je me demande si elles sont toutes vraies ! Mais elles ont sans nul doute bercé les nuits de mon enfance.

— Le mien aussi, feu le roi Aghar, à la fin de sa vie, libéré des obligations du trône, a enveloppé mes jeunes années de légendes incroyables.

— Qui sait ? Maintenant que nous connaissons les liens qui unissaient nos aïeuls, peut-être avons-nous rêvé sur les mêmes aventures ?

— À défaut de ceux de Yun, voulez-vous entendre un récit de mes exploits, belle Nessaora ?

— Je n'osais vous le demander, dit-elle, souriant timidement.

— L'année dernière, au début du printemps, mon père reçut à la citadelle, pendant un banquet d'anniversaire, deux envoyés du village de Nordhal.

— Le village de Nordhal ?

— Il s'agit d'un petit hameau frontalier totalement isolé où vivent quelques familles, à l'endroit le plus au nord d'Idrasil. Peu d'Idrasiliens le connaissent. En vérité, je ne m'étais jamais aventuré, moi non plus, aux confins du royaume. Ces envoyés, donc, rendaient, pour la première fois, une visite au roi. Ils paraissaient un peu perdus parmi les nombreux artisans vivant à la cour.

— Je pense que je m'y sentirais moi-même un peu égarée… enfin, si un jour j'ai l'occasion de m'y rendre !

— J'espère bien avoir l'occasion de vous y emmener ! De vous montrer les quatre tours sculptées des mains des maîtres, et de monter tout en haut de la muraille au sud. De là, vous avez une vue incroyable sur la majestueuse forêt royale ! Et la coupole ! Et notre bibliothèque ! Enfin, pardonnez-moi, je m'éloigne du sujet. Les émissaires de Nordhal avaient ainsi fait le voyage jusqu'à la citadelle et ils semblaient terrifiés. Ils venaient quérir de l'aide, car, disaient-ils, une bête féroce, affamée, était descendue des montagnes et avait ravagé leurs maisons et leurs cultures.

— Une bête féroce ? C'est fascinant, déclara-t-elle, les yeux brillants, buvant chaque parole du conteur.

— Cette nouvelle n'inquiéta pourtant pas mon père outre mesure. Il n'avait que faire, je crois, de quelques paysans et de leurs champs ravagés, et il était surtout bien trop occupé à festoyer avec de ravissantes dames. Les habitants de Nordhal ne se laissèrent pas abuser et déclarèrent qu'ils ne quitteraient pas la salle sans avoir obtenu satisfaction. Le roi, bien embarrassé devant ses invités, se tourna alors vers moi et m'ordonna de m'en occuper. Je réunis donc mes troupes, et nous partîmes accompagnés des émissaires vers le petit village.

— Vos troupes ? Avez-vous beaucoup d'hommes à votre service ? demanda-t-elle en le dévorant de ses grands yeux admiratifs.

— Hum… en réalité… nous ne sommes que cinq chevaliers dans la section azur. Mais les plus valeureux d'entre tous !

— Oh, je n'en doute pas ! approuva-t-elle en esquissant un sourire discret.

— Après avoir chevauché une bonne partie de la nuit, nous parvînmes à Nordhal au petit matin et nous constatâmes rapidement l'étendue des dégâts. Une vieille femme s'avança vers nous. Elle ressemblait un peu à une sorcière…

Il s'interrompit devant le rire de la jeune fille.

— Non, ne riez pas, elle était laide, vieille, et effrayante ! Ses dents, le peu qu'il lui restait, étaient aussi noires que son visage sale. Ses cheveux n'étaient plus que des filaments gris épars sur son crâne dégarni, et son nez crochu comme le bec d'un vilain corbeau. Cette mégère s'approcha de nous, et annonça que c'était le *Radulf* l'auteur de cette désolation. « Le quoi ? » lui demandai-je. « Le *Radulf*, me répéta-t-elle en insistant de sa voix rauque. C'est une bête venue du fond des âges, un démon, un de ces anciens monstres qui peuplaient la terre d'Adara avant l'arrivée des hommes. Elle a survécu ! »

— Et bien, cette histoire fait froid dans le dos, frissonna Nessa.

— Je dois avouer que, sur le coup, la femme nous terrifiait davantage que l'animal. Téméraires, nous décidâmes de nous aventurer derrière la frontière de Zakia, dans un bois sombre où la bête était recluse. Nous nous divisâmes en deux groupes, Solen et moi d'un côté, Kaïm, Aban et Aslin de l'autre.

— Ce sont les chevaliers que nous avons vus aux collines rouges ?

— Oui, c'est vrai que vous ne connaissez pas mes compagnons d'armes. Ce sont de fiers combattants, et courageux ! Il faudra que je vous les présente.

— J'en serais très honorée.

— Nous avancions prudemment avec mon meilleur ami Solen lorsque nous entendîmes un terrible rugissement. Les autres avaient dû trouver la bête. Nous nous précipitâmes à leur secours, et ce que nous vîmes alors...

Afin de ménager le suspens, Sigis resta silencieux quelques secondes.

— Était-ce le *Radulf* ? À quoi ressemble-t-il ? s'enquit la jeune fille, impatiente.

Le garçon essaya de garder son sérieux, mais, devant la mine subjuguée de Nessa, il se mit à rire.

— Voyons, le *Radulf* n'existe pas, ce n'est qu'une légende de bonne femme.

— Vous vous moquez de moi, prince, conclut-elle, la mine boudeuse.

— Pardonnez-moi.

— Mais alors, l'animal féroce ?

— Ce n'était en fait qu'un gros ours affamé, égaré, en quête de nourriture.

— Qu'en avez-vous fait ?

— Pour tout vous dire, mon ami Aslin, un petit plaisantin, voulait le ramener à la citadelle pour l'offrir au roi, le dresser pour lui apprendre à jongler, et ainsi divertir nos longues soirées d'hiver. J'ai fortement douté que ce cadeau puisse plaire à mon père. Notre mission consistait à l'éloigner des habitations de Nordhal, mais l'ours paraissait très énervé et fonça sur un de mes chevaliers, Kaïm, qui l'esquiva de justesse. Solen sortit une corde de son sac et tenta de la passer autour du cou de l'animal, sans succès. Alors que le mammifère chargeait dans notre direction, Solen et moi attrapâmes chacun un bout de la corde et le tirâmes au moment où il passait. L'animal manqua de s'étrangler et stoppa sa course quelques instants. Ce fut suffisant pour que mon ami parvienne à attacher solidement le fil autour de sa tête. Nous pûmes ainsi l'emmener plus loin, dans les montagnes, où nous le relâchâmes avant de repartir chez nous.

— Vous êtes effectivement des chevaliers bien courageux, admit la jeune brune. Merci beaucoup pour cette histoire ; pendant quelques instants, vous m'avez permis d'oublier la détresse dans laquelle nous sommes. Il est temps de vous reposer à présent, Sigis. Ne craignez rien, je veille sur votre sommeil.

— Je n'aurais pu rêver de plus charmant gardien, avoua-t-il en succombant à la fatigue sur l'épaule délicate de la belle.

Chapitre 9

Le début des hostilités

Comme tous les matins, Enoghat était attablé devant un copieux petit déjeuner dans la grande salle. À l'autre bout de la table, le conseiller Karel se régalait d'une miche de pain qu'il croquait à pleine bouche. À sa gauche, Langloi, affalé dans un fauteuil de velours rouge, les coudes sur les appuie-bras, les mains jointes sous son menton, perdu dans ses pensées, caressait sa barbe noire.

— Eh bien, mon neveu, avez-vous perdu l'appétit ce matin ? plaisanta le souverain d'Idrasil.

— Non, mon oncle, répondit l'homme brun du bout des lèvres, j'enrage de ne pas avoir trouvé cette bande de félons. J'ai pourtant parcouru cette forêt dans tous les sens, scruté chaque recoin, chaque arbre…

La jeune servante Judith entra au même moment. Enoghat posa le couteau qu'il tenait et leva les yeux vers elle : il était fasciné par la beauté de son corps si souvent caressé. Deux anneaux dorés pendaient à ses oreilles. Sa robe bleu ciel épousait parfaitement sa gracieuse silhouette. Lorsqu'elle marchait, les bracelets qu'elles portaient à ses bras se mettaient à tinter. Elle posa sur la grande table en bois une cruche d'eau et un panier de petits pains sortis quelques minutes plus tôt du four. L'odeur vint aux narines de Karel. Il s'empressa de se lever pour en attraper un. Alors qu'elle passait près de son siège, le roi s'empara subitement de sa main et l'attira vers lui afin de l'asseoir sur ses genoux, puis il commença à l'embrasser dans le cou. Elle se mit à rire, feignant de le repousser.

— Mais enfin, mon seigneur, j'ai du travail en cuisine...

— Tu le feras après, reste avec nous t'amuser un peu.

Leur petit jeu fut brusquement interrompu par l'apparition d'une ombre devant la porte. Une voix grave retentit à travers la pièce :

— Bonjour, Enoghat, je ne vous dérange pas, j'espère ?

À la vue de la créature, le souverain d'Idrasil repoussa brusquement Judith, se leva et répondit d'une voix craintive.

— Sei... seigneur Aël ?

À ces mots, le conseiller, qui tournait le dos à la porte, bondit de son siège. Langloi, jusqu'alors resté immobile, releva la tête vers l'entrée.

— Mais... comment êtes-vous entré ? se risqua Karel.

— Ne suis-je pas toujours le bienvenu dans mon palais, Enoghat ? rétorqua le grand chef Wagil, ignorant le conseiller.

— Si... si... b... bien sûr, bafouilla le roi.

Aël s'approcha de la grande table, regarda fixement Karel, livide, et s'assit à sa place. Les pieds sur la table, il empoigna un petit pain et commença à le grignoter.

— Que nous vaut le grand honneur de votre visite ? poursuivit le vieux souverain d'une voix blanche.

L'homme-serpent cessa de mâcher, déglutit, jeta le reste du pain et se frotta les mains. Il reposa les pieds par terre et se mit à arpenter la grande salle. Les quatre autres le regardaient avec stupeur sans oser bouger.

— Je viens pour une affaire délicate, dit-il après quelques instants de silence.

— Je vous écoute, déclara Enoghat en sueur.

— Lors de la signature du traité de paix, poursuivit Aël d'une voix ferme, il était convenu que les terres d'Idrasil m'appartenaient et que, même si vous en restiez le... régisseur, je pouvais en disposer comme je le souhaitais. En échange, je m'engageais à libérer les villes de mes troupes. Si ce traité n'est plus respecté, par l'une ou l'autre des parties, cela ne peut être qu'une déclaration de guerre, n'est-ce pas ?

— Tout... tout à fait, bafouilla le roi.

Le chef des Wagils arriva alors près de la servante et lui caressa la joue en souriant.

— Donc, continua-t-il, si ma route venait à croiser quelques belles jeunes filles, je pourrais en disposer comme bon me semble, n'est-ce pas ? Et vous ne feriez rien pour m'en empêcher...

Il se tourna vers Enoghat d'un air menaçant.

— Ni vous ni... votre fils.

Le vieil homme comprit enfin de quoi il s'agissait : Sigis ! Le seigneur de Tanis avait malheureusement fini par apprendre les agissements du prince. Mais dans quel pétrin s'était-il fourré ? Des dizaines de questions se bousculaient dans sa tête : était-il encore en vie ? Se trouvait-il encore à Idrasil ? Était-il prisonnier des Wagils ? La garde rouge était-elle sur le point de le retrouver ? Où était-elle d'ailleurs ? Paniqué, il chercha de l'aide dans le regard de Langloi, puis dans celui de Karel. C'est son conseiller qui vint à son secours.

— Peut-on savoir exactement, seigneur Aël, la raison de votre visite ?

— Il a tué mon dragon, affirma une voix féminine près de la porte d'entrée.

Les habitants du palais se retournèrent brusquement : Magda. Personne ne l'avait entendue arriver, aucun d'entre eux n'aurait su dire depuis combien de temps elle était là.

— Qu… quoi ? bredouilla Enoghat.

— J'ai dit, répéta la fée blonde en s'approchant lentement du roi, votre fils a tué mon dragon.

— Mais… comment ? Pourquoi ?

— Vous ne le savez pas ? demanda Aël.

— Bien sûr que non !

— Quel genre de roi êtes-vous si vous ne maîtrisez même pas votre propre fils ?

Enoghat était stupéfié, incapable de répondre. Il avait des sueurs froides et la gorge sèche. Karel, peu rassuré, poursuivit à sa place :

— Le prince Sigis est fougueux, il faut excuser sa jeunesse et son manque de maturité. Je suis sûr que nous pouvons trouver un arrangement. Ramenez-le au palais et nous veillerons à ce qu'il reste tranquille.

— Nous ne savons pas où il est.

Le vieux roi poussa un soupir de soulagement. Au moins, son irresponsable de fils n'était pas aux mains des hommes-serpents. Non pas qu'il était spécialement attaché à ce rejeton désobéissant, mais ses agissements irresponsables mettaient en danger tout le royaume.

— Il s'est enfui, reprit la fée, avec la petite-fille de Yun.

Elle observa le visage impassible du vieux souverain.

— Vous le saviez, n'est-ce pas ? Peut-être est-ce vous qui en avez donné l'ordre ? Après tout, Yun était le meilleur ami de votre père...

Il la regarda, interdit.

— Certainement pas, s'indigna-t-il. Yun n'est qu'un traître, et sa descendance également. C'est à lui que nous devons notre défaite ! Il est vrai que j'ai appris que mon fils s'était mis en tête de sauver cette fille. Je ne sais pas trop pourquoi d'ailleurs, mais je vous assure que je n'ai jamais approuvé cette décision. Je mets actuellement tout en œuvre pour retrouver Yun et sa bande de félons. Mon neveu Langloi, que vous voyez ici, est d'ailleurs chargé de cette délicate mission, et j'ai toute confiance en lui.

Magda et Aël se tournèrent vers l'homme brun aux yeux bleu-gris qu'on désignait. Ce dernier se leva calmement et se dirigea vers le roi des Wagils en s'inclinant avec respect.

— Seigneur Aël, prononça-t-il d'une voix sonore, soyez assuré de mon total dévouement à Idrasil et ainsi, de mon entière obéissance à son maître.

— Soit, admit l'homme-serpent, vous voulez retrouver Yun, je sais que c'était le meilleur ami de votre père et qu'à cause de cela, vous ne l'avez jamais aimé...

Enoghat ouvrit la bouche pour protester, mais Aël ne lui en laissa pas le temps.

— ... ce que je veux savoir, c'est ce que vous comptez faire pour votre fils.

— Je... j'ai envoyé mes meilleurs chevaliers à sa recherche.

Magda se mit à ricaner.

— Les gardes rouges ? Ces incapables ? Leur chef, cet idiot, a trouvé malin de me tenir tête, alors je l'ai brûlé vif. Quant aux autres, ils ont dû fuir ou se perdre en route...

À ces mots, Karel, Langloi et le roi la dévisagèrent avec effroi.

— Soyons sérieux un instant, Enoghat, menaça la fée, nous ne pouvons tolérer une nouvelle rébellion comme il y a vingt ans. Soit vous êtes digne de votre couronne et vous prenez les décisions qui s'imposent, soit nous le ferons pour vous.

— Que voulez-vous ? articula le roi avec difficulté.

Aël rit à son tour.

— Quel souverain ridicule vous faites ! se moqua-t-il. Les vrais seigneurs savent prendre les décisions importantes quand il le faut. Je vais vous donner un conseil de chef à chef : pour étouffer la félonie dans l'œuf, il faut faire un exemple.

— Je suis déjà à la recherche de Yun…

— Je ne vous parle pas de Yun ! s'énerva le chef des Wagils.

— Mais… vous ne voulez tout de même pas… mon propre fils…

— Je ne vous demande pas de le tuer, vous perdriez le respect de vos sujets, renchérit Aël. Bannissez-le ! Publiquement ! Faites savoir à tous que les traîtres n'ont pas leur place ici. Ainsi, loin de nos préoccupations, et s'il nous remet la fille, il aura une chance de survivre. N'est-ce pas mieux ainsi ?

— S… si, bégaya le vieux souverain, désarmé.

— Et puisque votre neveu ici présent a l'air plus disposé à suivre le bon chemin, nommez-le comme votre digne successeur. Je serai ravi, une fois votre mort venue, de régler les affaires d'Idrasil avec lui plutôt qu'avec un jeune prince immature et inconscient.

— Ce sera pour moi un grand honneur, mon seigneur, répliqua Langloi avec fierté.

Le chef des Wagils, suivi de la fée, se dirigea vers la porte avec prestance. Sa silhouette dans l'entrebâillement de la porte dessinait au sol une ombre géante et effrayante.

— N'oubliez pas, Enoghat, les grands rois savent prendre de grandes décisions. Ne laissez pas des problèmes de famille prendre le dessus sur le bien de votre peuple. Votre non-coopération dans cette histoire pourrait être malheureusement perçue comme une atteinte au traité de paix.

— Je crois que nous allons rester ici, enchaîna Magda, jusqu'à ce que vous ayez pris votre décision. Que votre servante nous prépare une chambre confortable.

Le roi d'Idrasil fit un signe de tête en direction de Judith, tétanisée, qui s'exécuta, tête basse, tremblant de tous ses membres.

À peine furent-ils sortis qu'Enoghat laissa éclater sa colère et balança d'un bras vengeur les objets se trouvant sur la table. La cruche se brisa dans un grand fracas, répandant l'eau sur le sol.

— Langloi, ordonna-t-il, trouve Yun et Solen, remue tout le royaume s'il le faut, mais je veux savoir où sont Sigis et la fille !

— Très bien, Votre Majesté, répondit Langloi, inflexible, en se dirigeant vers les écuries.

— Karel !

Ce dernier sursauta.

— Votre Majesté ?

— Fais nettoyer la table et apporte un parchemin. Nous avons un édit royal à rédiger.

***

L'émissaire vêtu de bleu, le cerf d'Idrasil en écusson doré sur sa tunique, s'installa sur une charrette au milieu de la place centrale au troisième niveau de la citadelle. Il était entouré de Langloi radieux et d'une vingtaine d'hommes de la section cyan à cheval, prêts pour le combat.

— Oyez, oyez, voici les ordres de votre roi !

Les paysans et les artisans laissèrent leurs occupations et s'approchèrent. L'orateur déroula le parchemin et déclama à la foule d'une voix résonnante :

— Moi, Enoghat, fils d'Aghar et souverain d'Idrasil, je déclare les hommes suivants accusés de trahison envers le roi et le peuple idrasilien : les chevaliers Solen, Kaïm, Aban, Aslin, Yun et le prince Sigis. Je les condamne au bannissement immédiat du royaume, et je désigne comme seul successeur légitime au trône mon neveu Langloi, fils de ma défunte sœur Hella. Toute personne suspectée d'aider ou d'avoir aidé les félons se verra aussitôt emprisonnée. Ces ordres seront envoyés dans toutes les villes, ainsi qu'aux souverains des terres voisines.

Un murmure de stupeur parcourut la foule. Langloi, triomphant, le corps droit et les lèvres souriantes, traversa la place bondée en direction de la grande porte, suivi de ses soldats. Huit émissaires à cheval, tenant chacun un parchemin d'une main, la bannière bleue de l'autre, les suivirent.

***

Du haut de la tour sud, au deuxième étage, accoudée à la fenêtre, Magda avait observé toute la scène. Elle se tourna vers le seigneur wagil à demi allongé sur le lit, sirotant un verre de vin et dégustant des galettes de miel. Même assis, Aël paraissait gigantesque. Torse nu, chacun de ses gestes accentuait la forme de ses muscles saillants sur sa peau foncée. Son visage rond n'avait rien de repoussant, au contraire, mais il dégageait une sensation d'hostilité et de pouvoir. Il regarda sa fée de ses grands yeux noirs et vifs. Elle s'avança vers lui, enthousiaste et fière.

— Je savais que ce couard d'Enoghat ne ferait rien contre toi, dit-elle d'une voix douce.

Elle prit délicatement son verre sur la table de chevet, s'assit près de lui et caressa sensuellement de son autre main la poitrine nue de son partenaire.

— Je ne sais pas si c'est de moi ou de toi qu'il a le plus peur, ajouta Aël ironiquement en faisant tinter son verre contre celui de sa compagne.

— Buvons à la santé du roi peureux ! Il nous amènera Sigis, Yun et la fille sur un plateau. Il n'y a plus qu'à attendre, conclut-elle en se glissant dans ses bras.

***

Quelques mètres plus bas, caché dans la foule, un autre n'avait rien perdu du discours de l'émissaire : Kaïm, dissimulé sous une cape grise, profita du départ de Langloi pour se faufiler par une autre porte sans être remarqué. Il était désemparé face à la nouvelle qu'il venait d'entendre. Le visage fermé, il atteignit l'extérieur de l'enceinte vers l'ouest. Une jeune fille inquiète l'attendait avec son cheval. Elle portait un carré de toile blanche noué autour de sa chevelure châtain clair, une longue robe de couleur miel dont la large échancrure laissait découvrir ses épaules fines. Elle guettait de tous côtés.

— C'est insensé, s'exclama-t-elle en le voyant, comment le roi a-t-il pu donner un tel ordre ? Bannir son propre fils ! Le prince Sigis est pourtant un homme honnête et bon.

— Enoghat obéit depuis toujours aux ordres d'Aël.

Elle lui tendit les rênes. Leurs mains se frôlèrent.

— Maintenant, Mégana, file avant que quelqu'un ne te voie ! dit-il d'une voix douce, mais ferme.

Elle lui caressa la joue affectueusement.

— Sois prudent, Kaïm.

Il l'embrassa.

— Ne t'inquiète pas pour moi... je serai bientôt de retour. En attendant, ne prends aucun risque.

Il s'éloigna en direction de la forêt royale.

***

Il parvint sans trop de difficultés à la cabane rousse, car Langloi et ses hommes avaient pris la direction de Neven. Il trouva Solen, Tilio, Dana et Yun autour de la table devant un plan et déposa près d'eux un sac de provisions dérobées par la jeune servante dans les cuisines de la citadelle. Le paysan, un peu bourru, l'ouvrit pour en découvrir son contenu : deux gros poulets, une miche de pain moelleuse, une épaisse tranche de parmoisan, fromage réputé des pâturages du mont Tadao, quelques légumes de saison fraîchement ramassés. Pour finir, la spécialité du chef des cuisiniers de la citadelle, une dizaine de galettes de miel et de graisilles, pour le plaisir !

— Voilà de quoi préparer un festin de roi ! s'exclama Tilio, blasé de grignoter des repas frugaux depuis trois jours.

Solen sourit à l'intervention naïve du viticulteur et se tourna ensuite vers son ami.

— Eh bien, Kaïm, quelles nouvelles apportes-tu de la citadelle ?

— Des bonnes, et une bien mauvaise, malheureusement.

— Commence donc par la mauvaise.

— Nous sommes officiellement bannis d'Idrasil par décret royal, et quiconque sera suspecté de nous aider se verra aussitôt emprisonner. Yun, Aban, Aslin, toi, moi... et le prince.

— Le prince ? s'exclamèrent en chœur les trois autres.

— Oui, Langloi est maintenant le successeur au trône.

— Langloi ! s'indigna Solen. Cet opportuniste n'attendait que cette occasion pour évincer Sigis et prendre sa place !

— Alors, quelles sont les bonnes nouvelles ? s'enquit la fée.

— La première, répondit Kaïm, le sourire aux lèvres, c'est qu'Enoghat et Aël ne savent pas où est le prince, ce qui signifie qu'ils ont réussi à échapper aux Wagils.

— C'est une bonne chose, admit Yun.

— La seconde, c'est que Magda et Aël se sont invités au palais en attendant notre capture : ils ne seront pas au campement cette nuit.

— Parfait, dit Solen.

***

Cela faisait plus de vingt ans que la fée n'avait pas foulé les planches du chemin de ronde. Le sourire aux lèvres, les yeux brillants de souvenirs, elle caressait, rêveuse, la rambarde quand elle arriva à la salle d'armes. Cette pièce contenait toutes sortes d'instruments de guerre : des épées, des arcs, des arbalètes, des boucliers, ayant appartenu jadis à d'anciens chevaliers vaillants tombés au cours des batailles. Elles constituaient une collection amère, mais nécessaire pour les jeunes combattants soucieux d'être dignes du courage de leurs prédécesseurs. Elle trouva près de l'entrée un coffre renfermant des manteaux et des lainages chauds. Elle en mit quelques-uns de côté pour les apporter aux hôtes de la cabane rousse et se préparer ainsi au froid automnal.

Le colosse Tilio entra à sa suite, les yeux écarquillés comme s'il venait de découvrir un trésor. Il fit le tour des objets, les effleurant du bout des doigts, par peur de briser le mystère qui entourait chacun de ses objets silencieux.

— Trouves-tu ton bonheur ? s'amusa Solen qui l'observait à son insu depuis la porte.

— Je ne sais trop que choisir, avoua le paysan en rougissant. Je n'ai jamais vraiment manié d'armes.

— Ce que nous cherchons, indiqua Dana, se trouve sur cette table.

Elle se rendit la première vers l'endroit désigné. Au-dessus de la planche fixée par deux tréteaux avaient été posés une dizaine d'arcs de grandeurs, de compositions et d'origines différentes. L'un d'eux attira soudain son attention. C'était une arme de trait en bois à forte courbure et de petite taille, spécialement conçue pour être facilement transportée.

— *Noeslang*, s'exclama la rousse d'un ton joyeux.

— Qu'est-ce que cela signifie ? questionna Tilio.

— Le « tueur de serpents », répondit-elle.

— C'est très... approprié, commenta le paysan.

— C'est mon arc, dit-elle en souriant, je l'ai fabriqué ici même, il y a vingt-cinq ans. Yun l'avait donc gardé tout ce temps.

Impatiente, elle le saisit, le plaça devant elle et de sa main droite, tira la corde. Elle était encore en bon état.

— Toutes les armes des combattants ont-elles donc des noms ? s'étonna le géant, peu familier des habitudes de guerre.

— Lors d'une bataille, expliqua Solen, ton armement est ce qu'il y a de plus précieux. Il te sauvera la vie. Quand les autres auront péri ou se trouveront loin de toi, ce sera ton ami le plus fidèle. Alors, oui, il est dans nos habitudes de le nommer, comme l'un de nos compagnons.

— Comment s'appelle votre épée, chevalier Solen ?

— *Elborg,* « la protectrice ».

— Ce nom me plaît bien. Ces arcs ont-ils déjà des patronymes ?

— Certainement, mais je crains qu'avec la mort de leurs anciens propriétaires, nous les ayons oubliés... À toi de les rebaptiser selon ton souhait ! Observe-les, prend-les en main. Tu reconnaîtras naturellement celui fabriqué pour toi, comme une évidence.

Le paysan demeura quelques instants silencieux devant les instruments de mort. Puis, d'un coup, il attrapa l'un d'eux.

— *Hevner*, déclara-t-il, satisfait.

— « Le vengeur », confirma Solen. Excellent choix.

***

Épuisés et affamés, Nao, Sigis et Nessaora avaient dormi plus que de raison. Sentant les rayons du soleil réchauffer son visage, le grand frère s'éveilla en sursaut et vit le prince, ainsi que sa sœur, assis à l'entrée de la grotte, endormis l'un contre l'autre. Mettant de côté la surprise de cette vision, il fut pris de l'angoisse de voir débarquer les Wagils.

— Nessa, tu ne m'as pas réveillé ? chuchota-t-il en lui secouant légèrement le bras.

— Oh non ! Pardonne-moi, je me suis assoupie quelques instants et...

Elle fut interrompue par la main terreuse du chevalier sur sa bouche. Il venait d'ouvrir ses beaux yeux bleus et avait aperçu à travers l'ouverture de la grotte des mouvements suspects quelques mètres en dessous. Il s'avança doucement à genoux près de l'entrée et se pencha légèrement au-dessus de l'escarpement. Ses doutes étaient malheureusement fondés. Sur le versant ouest où ils se trouvaient, en bas d'un flanc abrupt, cinq monstrueux serpents glissaient sur la paroi rocheuse en direction de la vallée. Sigis reconnut l'énorme reptile gris métallique comme le chef croisé quelques jours auparavant. À sa suite, le Wagil tacheté de brun et d'orangé ne lui était pas non plus inconnu.

— Ce sont les hommes-serpents qui ont attaqué votre village, affirma-t-il, reconnaissant également les terribles cobras jaune et vert Aka et Beza. Ils sont passés près de nous sans le savoir ; ils se rendent certainement à Eona. Reculons au fond de la grotte et souhaitons qu'ils ne se retournent pas.

La crevasse n'était hélas pas très profonde, mais ils s'y entassèrent tous les trois dans le plus grand silence. Toutefois, cette posture était plutôt inconfortable : transpirant à la fois à cause de la chaleur et de la crainte d'être découverts, les jambes engourdies par le manque de place, la gorge sèche et le ventre tiraillé par la faim, ils demeurèrent ainsi presque une heure. Puis, estimant que les hommes-serpents avaient pris suffisamment d'avance, ils se risquèrent à s'aventurer de nouveau près de l'entrée.

— Attendez-moi là, ordonna le prince en s'engageant à l'extérieur.

Il se rendit d'abord à gauche, à l'opposé des Wagils, et examina le passage. La surface lisse et polie de l'escarpement rendait impossible toute descente par ce côté. Ils n'avaient que deux solutions : tenter de remonter de là où ils venaient, prenant le risque de croiser un deuxième groupe de patrouilleurs, ou bien suivre le même chemin que les serpents, espérant qu'ils s'étaient assez éloignés pour ne pas les remarquer.

— Descendons par la droite, conseilla-t-il en rejoignant ses camarades, nous atteindrons facilement la vallée. De là, nous trouverons, avec un peu de chance, assez d'eau pour nous rafraîchir. Nous examinerons le chemin que les reptiles ont emprunté et prendrons alors la direction opposée. Étant à l'arrière, nous avons un certain avantage sur eux, puisqu'ils se pressent en nous croyant devant.

La descente se fit sans trop de difficultés et, comme l'avait prédit le prince, ils aboutirent aisément à la combe. Ils retrouvèrent au pied du versant la rivière qui avait permis leur sortie des profondeurs de la montagne. Assoiffés, ils s'y jetèrent pour boire et s'y rafraîchir. Derrière eux, des fruits rouges et noirs se détachaient d'une haie de mauvaises herbes et d'orties, des framboises et des mûres. Les trois amis se précipitèrent sur ce peu de nourriture miraculeuse, mais insuffisante pour leur faim grandissante.

— Nous sommes trop à découvert ici, constata Sigis, levant la tête et apercevant la ronde de montagnes autour d'eux. Si les Wagils se trouvent sur l'un de ces versants, ils ne tarderont pas à nous voir. Nous devons poursuivre promptement notre route.

Il observa attentivement le sol à la recherche d'indices. Des herbes sur la berge paraissaient avoir été couchées par une puissance autre que le vent. Nul doute que les serpents avaient eu eux aussi besoin de se désaltérer. Il conclut qu'ils s'étaient engagés vers le nord de la grande masse de roche et de terre devant eux.

— Passons par le sud, préconisa-t-il.

***

La clairière clandestine, dissimulée derrière la chute d'eau, baignait à présent dans l'obscurité. Seules les étoiles brillantes illuminaient d'une pâle lueur le ciel dégagé. Dans l'habitation de la cabane rousse, les fugitifs repus, fatigués par les deux derniers jours, s'étaient endormis, agglutinés sur l'unique plate-forme de l'abri central. Néanmoins, le vieux Yun ne trouvait pas le repos. Voilà plusieurs heures que Dana et les intrépides chevaliers avaient quitté les lieux pour se rendre au campement d'Aël. Coincé entre sa fille Aénor et son petit-fils Nafaël, qui ne cessait de gigoter dans son sommeil, le vieil homme se retourna une fois de plus sur la couche de paille peu confortable et soupira. Ses rhumatismes lui faisaient regretter sa jeunesse d'antan. Trop nerveux, il se leva péniblement et se glissa sans bruit vers l'échelle. Il atteignit l'étage inférieur, puis sortit sur le chemin de ronde où l'air frais effleura son visage ridé. Trop d'émotions l'avaient envahi en seulement trois jours : le retour des Wagils à Idrasil, d'abord, avait fait remonter à la surface des souvenirs enfouis depuis longtemps. Ensuite, le départ de Nao et Nessaora, même s'il voulait le cacher à Aénor, ne cessait de le tourmenter. Ses pensées allèrent aux rassurantes collines rouges, à la ferme familiale et aux allées de vignes, regorgeant de raisins en cette fin d'été… tout cela avait certainement été détruit par les hommes d'Aël à présent. Il repensa à l'injustice de l'emprisonnement de ses amis innocents dans les geôles de la citadelle par un roi lâche et peureux au service de l'ennemi. Si seulement son vieil ami Aghar n'avait pas succombé à une ancienne blessure non cicatrisée, jamais il n'aurait approuvé cette alliance avec le seigneur de Tanis. Les espoirs de libérer Idrasil reposaient maintenant sur sa jeune descendance, le courageux prince Sigis, dont la fée avait si bien chanté les louanges. À l'évocation de la créature ailée, Yun ferma les yeux. Dana. Pendant vingt ans, il l'avait cru morte, dévorée par le dragon. Si l'annonce de sa capture l'avait alors anéanti, son apparition miraculeuse et inespérée la veille au soir l'avait totalement bouleversé. Le sentiment de l'avoir abandonnée le quittait enfin.

Il se souvint de la première fois où il l'avait rencontrée. C'était trente ans auparavant, ou peut-être plus. Chevalier dévoué du roi

Aghar, il revenait du royaume de Zakia où il avait eu pour mission de sécuriser les frontières face aux rumeurs d'invasion du peuple wagil. Il y avait passé plusieurs mois avec son armée, de village en village, afin de maintenir la paix et l'ordre à la frontière ouest. Après tant de temps passé loin de chez lui, il savourait son retour à Idrasil. Alors que son ami l'accueillait avec joie dans la grande salle de la citadelle, où un banquet avait été dressé en son honneur, une lumière verte avait soudain envahi la pièce. Au centre de la lueur, une magnifique créature ailée, rayonnante, avançait vers eux avec un sourire franc. Ses ailes délicates repliées, elle lui était apparue plus belle encore, ses longs cheveux roux aux reflets dorés attachés en tresse. Elle avait tendu vers lui sa gracieuse main blanche comme la plume d'une colombe et l'avait regardé de ses yeux verts enchanteurs. À ce moment, il avait su qu'il ne verrait jamais plus magnifique beauté durant sa courte et éphémère existence. Son visage ensorcela ses jours et ses nuits. Dès lors, toutes les actions héroïques du chevalier tendirent à susciter son amour et son admiration.

Accoudé à la rambarde, les yeux dans le vague, empreints à la fois de colère, de tristesse et de nostalgie, le vieil homme ne remarqua pas l'arrivée de son voisin et ami Rik. Ce dernier s'était proposé pour assurer la garde de la cabane en l'absence de ses propriétaires. Le petit homme rondouillard et bon vivant s'appuya à son tour sur le rondin de bois.

— Belle nuit, observa-t-il après quelques instants de silence à contempler les étoiles.

Yun, imperturbable, approuva de la tête.

— Crois-tu que les Wagils auront épargné nos maisons et nos récoltes ?

— J'en doute, répondit froidement le vieil homme, moralement épuisé.

— Qu'allons-nous devenir alors ? s'inquiéta-t-il en le scrutant d'un regard suppliant.

— Je l'ignore, mon ami.

Ils se turent quelques instants, ne sachant quoi ajouter.

— Il y a un village d'hommes, proposa l'ancien, à Zakia, de l'autre côté du mont Tadao, dissimulé dans un col, inconnu de beaucoup de gens. J'y ai résidé quelques mois, quand j'étais plus jeune. Je connaissais bien les habitants alors, et ils me sont redevables de plusieurs services. Enfin, ceux qui ne sont pas morts, bien sûr. C'est à seulement cinq jours de marche d'ici. Nous pourrions nous y installer en attendant, car je doute que les Wagils s'aventurent dans les montagnes. L'air y est souvent froid, d'autant que nous sommes déjà en automne. Mais je crains de vous faire endurer un tel voyage. Nous remonterions sans difficulté au lac Bleu, puis nous le contournerions. Mais l'ascension du mont est une tâche assez ardue.

— Pourtant, quel autre choix avons-nous ? demanda Rik à l'évocation d'un nouvel espoir. Je crois qu'il nous faut tenter cette possibilité. Nous ne pouvons rester entassés ici dans des arbres. Si l'occupation des Wagils à Idrasil a commencé, nous ne pouvons attendre des mois qu'un miracle les repousse. Il est temps de reconstruire notre vie ailleurs.

— Soit. Nous en parlerons aux autres demain après le retour des chevaliers. Avec un peu de chance, si leur plan a fonctionné, nous pourrons peut-être emmener plusieurs jeunes filles avec nous.

***

D'après les renseignements que Dana avait réussi à intercepter grâce à ses pouvoirs, les tentes des hommes-serpents étaient disposées en un carré de cinq sur cinq, au centre duquel on trouvait la tente du seigneur de Tanis. Autour du camp, ils avaient creusé un fossé, puis érigé des fortifications. Six postes de sentinelles avaient été établis le long de la barricade. À l'est, le cours d'eau rendait l'accès au camp inaccessible. C'est là, vers le nord, que leurs ennemis avaient apparemment placé leurs prisonnières, au pied d'un poste de surveillance. L'entrée du camp se trouvait à l'opposé, au sud. Ils estimèrent que, ce soir-là, une quarantaine de Wagils étaient présents.

Le plan de Dana était simple : une équipe ferait diversion pendant qu'une autre s'introduirait dans le campement pour libérer les jeunes filles. Une troisième équipe les attendrait plus loin avec des chevaux pour permettre une fuite plus rapide.

Solen, Kaïm, Aslin, Aban, Tilio et la fée Dana participeraient à l'attaque. Ils tombèrent d'accord sur le fait que Tilio, certes costaud et courageux, mais encore inexpérimenté, ne pouvait faire face à la maîtrise du combat des hommes-serpents. Il resterait à l'extérieur sous la protection de Dana pour faire diversion. Le but était d'attirer le plus d'ennemis vers l'ouest. Solen et Kaïm, combattants aguerris, pourraient ainsi s'introduire à l'intérieur du terrain clos. Le plus dur serait alors de ressortir avec la douzaine de jeunes femmes. Aban et Aslin les attendraient à l'arrière.

Le principal atout de ce plan était l'effet de surprise, car le nombre et la puissance des Wagils les surpassaient. L'absence du terrifiant Aël et de la fée maléfique était une aubaine. Ils attendirent que la nuit soit complètement tombée afin de profiter de l'obscurité.

Mais leur plan nocturne avait un défaut de taille pour Dana : elle ne pourrait compter sur les rapaces du bois voisin, ces animaux diurnes ne chassant pas la nuit. Elle sollicita l'aide d'autres créatures ophiophages, c'est-à-dire des mangeuses de serpents, mais plus occasionnelles, et donc moins efficaces. Bien que certains d'entre eux fussent cannibales, elle n'avait pas le pouvoir d'ordonner aux Wagils de se dévorer mutuellement, car ces derniers, mi-hommes, mi-animaux, restaient insensibles à son don. Elle s'en remit aux mangoustes. Ces petits animaux carnivores étaient capables de tuer des serpents grâce à leur vitesse, leur agilité, et surtout leur immunisation contre le venin. Ils vivaient de manière plutôt solitaire vers le sud, près de la frontière de Tanis. Dana les avait réclamés plus tôt dans la soirée afin de s'assurer qu'un maximum de ces créatures, nécessaires à la réussite du plan, serait présent.

Tapis dans l'ombre, Solen et Kaïm attendaient silencieusement face à l'entrée du camp le moment propice pour s'y introduire. Le meilleur ami du prince était rassuré par la présence du jeune homme à la peau mate avec qui il avait partagé son entraînement. Ils connaissaient parfaitement leurs techniques de combat et se complétaient l'un l'autre. Alors qu'ils se préparaient pour ce nouveau défi, Solen repensa au long apprentissage de chevalier qu'ils avaient suivi en compagnie de Sigis : monter à cheval, combattre à l'épée ou à mains nues, tirer à l'arc, adopter les meilleures stratégies d'attaque et de repli. Choisis parmi l'élite des combattants, ils avaient reçu les meilleurs enseignements des gardes rouges et savaient que, désormais, à force de persévérance, ils surpassaient un grand nombre d'entre eux.

Tilio s'était entraîné la journée entière à tirer avec son arc récemment nommé *Hevner*. À travailler dans les champs, il était devenu assez habile. Toute la suite du piège reposait notamment sur lui. Perché sur un chêne à trois mètres du sol sur le flanc ouest du campement, dans une situation peu confortable à cause de sa carrure imposante, il triturait nerveusement les flèches dans sa main.

— Tu es prêt ? chuchota Dana à ses côtés.

La compagnie de la fée aux cheveux roux était apaisante. Dans la nuit, sa beauté était resplendissante. Malgré le danger et l'excitation, elle restait calme et confiante. Il comprenait maintenant pourquoi le vieux Yun était tombé amoureux d'elle et ne l'avait jamais oubliée. Il repensa avec nostalgie aux histoires extraordinaires contées le soir auprès du feu en compagnie de Nao et Nessa. Dana était-elle cette enchanteresse mystérieuse dont il avait suivi avec plaisir les aventures ?

Il acquiesça d'un signe de tête. La fée se saisit de *Noeslang* et enflamma les projectiles. Tilio n'avait que quelques secondes pour en lancer un avant qu'un garde ne remarque cette lumière dans la nuit. Il visa du mieux qu'il put et atteignit sa cible : la barricade en bois commença à prendre feu. Dana exécuta la même action quelques mètres plus loin, déclenchant un deuxième foyer. Puis ils restèrent immobiles et observèrent la scène. Les deux sentinelles les plus proches donnèrent l'alerte. Comme prévu, les deux gardes de l'entrée s'approchèrent. Cinq Wagils les suivirent. Ils se changèrent en serpents afin de venir examiner autour des arbres qui avait tiré. C'est à ce moment-là que Dana donna l'ordre aux mangoustes d'attaquer. Une dizaine de créatures au corps allongé et tacheté, aux pattes courtes et à la queue effilée surgirent des herbes et se jetèrent sur les reptiles. Surpris, deux d'entre eux, les plus petits, furent rapidement déchiquetés. Les cinq autres reprirent aussitôt leur apparence humaine contre laquelle les petits carnivores ne pouvaient plus rien. La fée attira alors quatre loups qui entourèrent rapidement le groupe des Wagils. Les sentinelles des barricades sud et ouest avaient les yeux rivés sur eux, tandis que pleuvaient des flèches provenant des deux arcs.

Profitant de l'occasion, Solen et Kaïm, vêtus de capes noires, s'élancèrent l'échine courbée vers l'entrée du campement. Ils s'introduisirent discrètement dans la première tente à leur droite. Hélas, elle n'était pas vide. Son propriétaire, stupéfait, n'eut le temps ni d'attraper une arme ni de se métamorphoser. Solen dégaina *Elborg*, l'épée protectrice, et lui asséna deux coups mortels dans la poitrine. Le Wagil s'effondra.

Kaïm jeta un œil à l'extérieur de la tente. La confusion régnait : quatre hommes apportaient des seaux du cours d'eau tandis que d'autres couraient pour aider les malheureux prisonniers des loups et des mangoustes. Ils criaient tous dans un langage incompréhensible. Aucun d'eux ne semblait avoir remarqué l'intrusion des deux chevaliers.

Kaïm fit un signe de tête à son ami. Ils longèrent les tentes de la deuxième colonne et arrivèrent en vue de la barricade nord. Ils aperçurent une grande cage où flottaient des ombres, mais deux gros serpents hideux leur barraient la route. Les deux guerriers se regardèrent. Ils n'avaient pas le choix : ils devraient combattre. Solen désigna celui de droite, le plus grand, aux écailles vertes et blanches. Il fallait faire vite avant que les autres ne soient alertés et viennent en renfort. Il fit un décompte avec ses doigts pour donner le signal à son partenaire.

À trois, ils sortirent brusquement de leur cachette. Le serpent vert se dressa devant Solen à presque deux mètres de haut. Sa bouche ouverte découvrait deux effrayants crochets à venin. Le deuxième, plus petit, de couleur grise, se confondit avec le sol et disparut dans l'obscurité. Il reparut soudainement devant Kaïm en se métamorphosant.

Devenu humain, il attrapa le chevalier par le cou et le souleva de terre. Le guerrier parvint à saisir le couteau qu'il gardait à sa ceinture et le lui planta dans le bras. L'homme poussa un cri de douleur et le lâcha. Il retira l'arme et redevint un serpent, s'évanouissant de nouveau dans la nuit, tandis que Solen esquivait les attaques du reptile vert. Kaïm, épée à la main, scrutait le sol, mais la créature grise était trop rapide. Elle se glissa derrière lui, se transforma une fois encore et le frappa dans le dos. Son adversaire tomba à genoux. Le voyant en difficulté, Solen fit un pas vers eux et, d'un coup d'épée, coupa le serpent vert en deux. L'autre Wagil, énervé, se jeta sur lui. Kaïm se releva péniblement, un peu sonné, ramassa son couteau et voulut l'enfoncer dans la nuque de son ennemi, mais celui-ci bougea et la lame pénétra dans l'épaule. Il se retourna, fortement irrité, en relâchant l'autre chevalier. Solen en profita pour lui transpercer les poumons. L'homme hoqueta, fit quelques pas avant de s'effondrer. Sans perdre un instant, Solen approcha de la cage. Les jeunes filles effrayées avaient dû se réfugier dans le fond, car, dans l'obscurité, il ne distinguait que des ombres.

— Il y a quelqu'un ? chuchota-t-il près des barreaux froids tandis que son ami montait la garde derrière lui.

— Dépêchons-nous, murmura ce dernier, les autres ne vont pas tarder à arriver.

— N'ayez crainte, reprit le chevalier, je suis garde de l'armée d'Idrasil et compagnon du prince. Nous venons vous délivrer.

Une silhouette apparut, frêle et gracieuse telle une biche apeurée. Ses cheveux noirs, lisses comme l'eau calme, coulaient le long de son visage fin. Vêtue d'un chemisier blanc sans manches, elle frottait ses bras nus de ses mains tremblantes de froid. Derrière, une autre fille, plus petite et plus ronde, se cachait. Comme elles se rapprochaient, Solen put enfin distinguer quelques traits du visage de la première.

Sa peau blanche contrastait avec le rouge de sa bouche. Elle posa ses mains sur les barreaux, près de celles du chevalier.

— Je suis Lona, et voici Médarine, dit-elle de sa voix délicate. Nous venons de Neven et de Kenaan.

— Mais… vous n'êtes que deux ? Où sont les autres ?

— Elles ont été emmenées à Tanis, en plusieurs voyages, depuis ce matin. J'ai entendu Magda dire que c'était pour éviter d'attirer l'attention. Apparemment, elle craignait une embuscade. Nous sommes les deux dernières, nous devions être déplacées cette nuit. Je vous en prie, ne nous laissez pas ici !

Solen, désemparé, se tourna vers Kaïm.

— Deux, c'est toujours mieux que rien, affirma le plus âgé des deux, hâtons-nous !

Les deux compagnons s'approchèrent de l'ouverture de la cage scellée par des chaînes et un cadenas. Kaïm s'agenouilla près du Wagil à terre et fouilla ses poches.

— Pas de clé, déclara-t-il, plein de rage.

— Si nous brisons les chaînes à l'épée, le bruit attirera les autres…

— Ils vont venir de toute façon, rétorqua le grand brun.

Solen regarda autour de lui, puis se dirigea vers la gauche sous la palissade.

— Où allez-vous ? demanda Lona, terrorisée, ne nous laissez pas ici ! Pitié !

Le chevalier se mit à hululer, imitant le cri d'un animal nocturne, c'était le signal convenu. Une corde apparut alors, puis une autre. Solen retourna à la cage, s'approcha des jeunes filles au plus près afin que personne ne les entende.

— Écoutez-moi attentivement, il faudra être rapide, sinon notre tentative échouera. Je vais casser le cadenas à l'aide de mon épée. Vous devrez alors courir le plus vite possible pour rejoindre la palissade et grimper à la corde. De l'autre côté, des gardes nous attendent avec des chevaux. Mon ami et moi serons juste derrière vous. Est-ce bien compris ?

— Oui, affirma Lona en prenant la main de sa compagne terrorisée. Il va falloir être courageuse, Médarine, c'est notre seule chance.

L'autre acquiesça. Comme annoncé, Solen frappa d'un coup sec sur la serrure qui vola en éclats. Le bruit résonna dans le camp alors que le calme était revenu après la maîtrise de l'incendie sur le flanc ouest. Des sons inintelligibles s'élevèrent soudain.

— Dépêchons, ils arrivent, souffla Kaïm.

Solen débarrassa le reste des chaînes de l'ouverture. Les deux captives s'engouffrèrent dans la brèche, et se dirigèrent vers le mur d'enceinte. Sans se retourner, elles attrapèrent chacune une corde et commencèrent à escalader. Alors qu'elles parvenaient en haut, une dizaine de serpents surgirent au pied des chevaliers qui entamaient à leur tour leur ascension. L'un d'eux s'enroula autour de la cheville de Kaïm et entraîna sa chute. Solen bondit aussitôt pour aider son ami.

— Chevalier ! s'écria la belle Lona du haut des remparts.

— Sautez ! ordonna le garde, ne vous occupez pas de nous !

Elle et sa compagne d'infortune s'exécutèrent. Solen assomma d'un grand coup d'épée le reptile qui enserrait son acolyte. Quatre autres se jetèrent sur lui et encerclèrent ses bras et ses jambes. Il lâcha son arme. Kaïm se précipita à son secours. Toutefois, ils étaient trop nombreux. C'est alors qu'Aslin apparut. Comme il ne les voyait pas revenir, il avait grimpé de l'autre côté de la barricade. À eux deux, ils parvinrent à libérer Solen, mais celui-ci venait de se faire mordre à la cuisse. Ils le traînèrent jusqu'à la corde. Le chevalier, blessé, réussit à se hisser à bout de bras, puis se laissa tomber de l'autre côté. Kaïm et Aslin le suivaient.

Aban, Lona et Médarine les attendaient, inquiets, sur les chevaux.

— Où sont les autres filles ? s'inquiéta le dernier garde.

— Elles ne sont plus ici. Je t'expliquerai plus tard, répondit Kaïm. Dépêchons-nous, les Wagils sont à nos trousses.

En effet, un homme-serpent métamorphosé les avait suivis et venait d'atterrir près d'eux. Ils se ruèrent sur les chevaux et partirent au galop dans la pénombre. La dizaine d'autres bêtes, prévues pour les captives, s'éparpilla. Les reptiles, confus, ne savaient quelle direction prendre. La cuisse de Solen le brûlait, mais ce n'était pas le moment de se déconcentrer : des dizaines de serpents étaient à leur poursuite. Soudain, des mangoustes sortirent du bois et se jetèrent sur leurs ennemis.

— Merci, Dana..., dit Solen en pensant à la fée.

Tandis que son cheval filait à toute allure à travers le bois, il se sentit vaciller. Le poison du serpent se diffusait dans son corps. Sa vue se brouillait ; il distinguait à peine les branches des arbres et prenait certaines de plein fouet dans le visage. Ses forces l'abandonnaient. Il se forçait à continuer... tenir... semer les Wagils rampant parmi les fougères... Il parvenait à peine à se cramponner et le cheval accélérait. Un serpent surgit devant lui. Pris de panique, le destrier se cabra, écrasant le reptile. Solen, incapable de le maîtriser, s'effondra à terre. Quelques mètres plus haut, Lona aperçut la scène. Les autres chevaliers étaient déjà loin. Elle immobilisa sa monture, puis se dirigea vers lui. En proie à des hallucinations, il la vit apparaître, telle une image enchanteresse, baignée de lumière. Il tendit la main vers elle. Elle la saisit et l'aida à grimper sur son cheval. Les serpents les entouraient. Elle claqua les rênes, l'animal repartit aussitôt au galop rejoindre leurs compagnons. Leurs silhouettes disparurent dans la nuit.

***

Après avoir chevauché plusieurs heures, ils avaient réussi à semer les Wagils. Ils se débarrassèrent de leurs montures à l'entrée de la forêt royale. Une brise légère soufflait à travers les branches. Les feuilles frissonnaient dans le hululement d'une chouette. Aban, Aslin, Médarine et Kaïm s'enfoncèrent dans la pénombre. Les brindilles craquaient sous leurs pas, ce qui ne manquait pas de faire sursauter la jeune femme. Sans prononcer un mot, ils arrivèrent près de la cascade. Kaïm, angoissé, se retourna une fois de plus, guettant le retour de son ami et de l'autre prisonnière. En vain.

— Attention, la roche est glissante, prévint Aban en glissant ses doigts secourables dans ceux de la brunette.

— Où m'emmenez-vous ? s'inquiéta-t-elle en retirant sa main.

— Ne craignez rien, ma dame, cette cachette est inconnue des Wagils, vous y serez en sécurité.

— Se cacher ? Mais pourquoi ? Je veux rentrer chez moi, ramenez-moi à Neven ! s'exclama-t-elle terrorisée.

— Je vous en prie, calmez-vous, intervint Kaïm. Si vous regagnez la ville ce soir, les Wagils reviendront vous chercher.

— Et mes parents ? Ils doivent être fous d'inquiétude ! Et que croyez-vous que les hommes-serpents vont leur faire s'ils ne me retrouvent pas ?

— Nous nous rendrons demain matin à Neven nous assurer que votre famille va bien. En attendant, nous devons nous reposer.

— Et Lona ? Où est-elle ? Pourquoi n'est-elle toujours pas là ?

Kaïm, de plus en plus inquiet, scruta à nouveau l'obscurité des bois, mais il ne vit rien.

— Peut-être ont-ils suivi un autre chemin, ils sont certainement déjà là à nous attendre, répondit-il en essayant de s'en convaincre lui-même.

Médarine finit par accepter à contrecœur la main que lui tendait Aban et se laissa guider derrière la chute d'eau. Elle se demandait bien pourquoi des gardes ne l'avaient pas directement emmenée à la citadelle afin qu'elle fût placée sous la protection du roi. Cette cache secrète au beau milieu des arbres ne la rassurait guère. Par ailleurs, elle se sentait incapable de retraverser la forêt seule la nuit. À la sortie de la grotte, ils aperçurent avec soulagement une silhouette féminine.

— Dana ! se réjouit Kaïm en se précipitant vers elle.

— Mes amis ! Vous êtes saufs !

— Où est Tilio ? demanda Aslin.

— Il est déjà monté pour tranquilliser ses parents.

Elle jeta un coup d'œil derrière eux.

— Mais... où sont les autres filles ? Avec Solen ?

— Malheureusement, il ne restait que deux prisonnières. Nous sommes arrivés trop tard. Les autres ont déjà été envoyées à Tanis. Voici Médarine. Quant à Lona, elle était derrière avec Solen. Depuis, nous ne savons pas où ils sont. J'espère qu'ils ont pu échapper aux Wagils.

Dana lut l'inquiétude dans les yeux du chevalier.

— Restez ici, dit-elle en posant une main rassurante sur son avant-bras, je pars à leur recherche.

Elle disparut alors, suivie de trois hiboux.

***

Depuis un moment qui lui semblait une éternité, Lona cherchait en vain les cavaliers dont elle avait perdu la trace en portant secours au beau chevalier. Elle était bel et bien perdue, et le seul qui aurait pu la guider s'était évanoui. Elle avait essayé à plusieurs reprises de le réveiller, mais sans succès. Elle entendit un bruit dans les branchages. Elle sursauta. Un hibou ! Un grand-duc brun ! Elle soupira de soulagement. L'animal sembla l'observer, puis repartit d'où il était venu. Elle tenta à nouveau de secouer Solen, mais il paraissait perdu dans un monde de souffrances. Il fallait vite trouver une solution, sinon il risquait de mourir. Elle tourna désespérément la tête à droite, à gauche.

C'est alors que le rapace réapparut. Il se posa sur l'épaule d'une jeune femme aux cheveux rouges luisant dans le noir. Lona eut l'impression qu'elle volait. Elle crut d'abord que cet ange inespéré n'était que le fruit de son imagination.

— Bonsoir, entonna l'apparition, je m'appelle Dana. J'étais de ceux qui vous ont délivrée cette nuit. J'imagine votre détresse. Vous ne me connaissez pas, mais je peux vous mener à nos compagnons ainsi qu'à votre amie Médarine.

La fée aperçut le corps inconscient du jeune homme sur le cheval.

— Qu'est-il arrivé au chevalier Solen ?

— Je... je crois qu'il a été mordu par un serpent, répondit Lona en laissant la jeune femme s'approcher.

Après tout, elle connaissait le nom du garçon. Et puis, perdue dans la nuit, il fallait bien faire confiance à quelqu'un.

— Nous devons nous dépêcher avant que le venin ne se propage davantage, expliqua la créature en examinant la jambe du blessé.

— Je vous suis.

La fée guida le cheval à travers les arbres jusqu'à l'étendue d'eau. Puis elles aidèrent le chevalier à descendre en le tenant chacune par un bras. Elles parvinrent ainsi à traverser la chute d'eau. Kaïm, resté dans la grotte pour guetter Dana, se précipita à leur rencontre.

— Que s'est-il passé ? s'inquiéta-t-il à la vue de son ami.

Lona raconta comment elle l'avait vu s'écrouler de sa monture, puis hissé avec elle sur son cheval.

— Merci, fit-il, reconnaissant.

— C'était la moindre des choses que je pouvais faire pour lui.

— Hâtons-nous, coupa la rousse, je dois le soigner.

— De quoi avez-vous besoin ? s'enquit le jeune homme, désireux de la seconder.

— J'ai déjà tout ce qu'il me faut.

Kaïm porta son compagnon d'armes le long de l'échelle jusqu'à la cabane. Ils l'allongèrent sur la table devant ses amis pétrifiés. Soudain, la petite pièce fut envahie de sangsues marron et visqueuses. Lona et Médarine observèrent ce phénomène écœurant sans comprendre. Les bestioles, guidées par la voix de la protectrice, rampèrent jusqu'à la plaie. Le chevalier s'agitait tant que Kaïm et Aslin durent le maintenir. Les suceuses de sang achevèrent leur travail, puis repartirent vers le lac. Solen se calma. Il dormait à présent d'un sommeil apaisé.

— Laissons-le se reposer, conclut Dana, il ira mieux dans quelques heures.

***

Impatients d'atteindre Eona, Nao, Sigis et Nessaora avaient décidé de ne pas s'arrêter une fois la nuit tombée. Le ciel dégagé, la lune presque pleine ainsi que les étoiles leur offraient suffisamment de clarté pour poursuivre leur route. Les monts Tenenan, arrondis par l'érosion, restaient désespérément silencieux. Nao, abattu, le visage fermé, parlait encore moins que d'habitude. Sans réfléchir, Nessa, épuisée, se laissait totalement guider par le chevalier qui la précédait. Avancer. Mettre un pied devant l'autre. Poursuivre sans s'arrêter, telle une mécanique bien huilée. Après les pierres tranchantes de la montagne, l'herbe humide de la vallée caressait délicatement ses pieds nus endoloris. Sigis, plus aguerri pour ce genre d'épreuve, était le seul à ne pas se décourager et persévérait dans la traversée de la combe en motivant les deux autres. Dans la nuit, les silhouettes des montagnes se dressaient comme d'imposantes masses sombres angoissantes.

— Ces monts ont-ils un nom ? s'enquit Nessa pour rompre le silence pesant.

— Je ne crois pas, répondit Sigis surpris par la question, mais ravi d'avoir enfin un interlocuteur. Ces lieux sont désertés depuis bien longtemps. Sûrement avaient-ils une dénomination auparavant, mais elle a été oubliée.

— Toute chose possède un nom. Sinon, elle n'est rien. Elle ne peut avoir d'existence dans la pensée et la parole des êtres vivants. Peut-être pourrions-nous leur en trouver un ? proposa la jeune fille ; cela les rendrait moins effrayants et nous occuperait l'esprit…

Le prince sourit à cette idée pour le moins incongrue, pour autant bienvenue.

— Je vous en prie, commencez, belle Nessaora.

— D'abord, celui que nous venons de quitter. Le plus haut, le plus dangereux aussi. Celui-là même où vous avez vaincu le dragon. Quel est déjà le mot ancien pour « victorieux » ?

— « Eïvinnd »

— Oui c'est cela, « Eïvinnd », le sommet de la Victoire.

— Celui-ci, poursuivit Sigis, que cet exercice de l'esprit amusait, est le plus proche de la frontière sud vers les elfes de Bard. Je propose donc « Alfgard », le protégé des elfes.

— Le mont Alfgard, répéta Nessa, merveilleux ! Maintenant celui de droite. Il n'est pas très haut, un peu dissimulé par les autres…

— « Grimm », interrompit Nao de sa voix grave et solennelle, se laissant prendre au jeu.

— Je vois que vous aussi, vous avez étudié la langue des anciens, se réjouit le prince.

— Avec un grand-père comme Yun, il aurait été difficile d'y échapper, confirma le grand brun moqueur.

— « Grimm » est un peu court, vous ne trouvez pas ? objecta Nessa. Et pourquoi n'auraient-ils que des prénoms masculins ? « Grimhild » serait très approprié. Une petite touche féminine ne serait pas de refus.

— D'accord pour « Grimhild » et sa petite note de féminité, dit le blondinet sans prendre le risque de contrarier la demoiselle.

— Et celui-là, fit cette dernière en pointant du doigt la dernière cime visible de la vallée où ils se trouvaient. Sa forme est quelque peu singulière : ses courbes arrondies semblent légères et fluides, comme le vent s'engouffrant dans les draps séchant au soleil.

— « Holda » la gracieuse, énonça Nao d'une voix chantante.

— C'est parfait, approuva Nessa.

— Eïvinnd, Alfgard, Grimhild et Holda. Tout ce périple n'aura donc pas été vain. Dès mon retour à la citadelle, je rendrai officielle l'appellation des monts Tenenan ! Je ferai appel au meilleur cartographe de la bibliothèque royale pour les ajouter sur les atlas du royaume !

— Peut-être faudrait-il demander l'avis du seigneur Damos ? Ne sommes-nous pas sur ses terres ? demanda la jeune fille.

— À vrai dire, depuis la venue du dragon Anir dans ces montagnes, les hommes et les nains ont cessé de se disputer l'appartenance des monts. Nous sommes donc au milieu de nulle part, dans un désert gris impersonnel.

— Maintenant que le monstre est mort, les querelles de frontières reprendront peut-être...

Les trois amis s'amusèrent quelques instants de ce bref divertissement, avant de replonger dans le silence. Vers le milieu de la nuit, ils trouvèrent, au pied de la nouvellement nommée Alfgard, un arbre imposant aux énormes racines enchevêtrées qui leur offrit un abri sommaire. Dissimulés dans le noir, sous un amas de branches, ils tombèrent rapidement dans un sommeil profond.

Chapitre 10

Représailles

En l'honneur de ses invités, le roi Enoghat avait fait dresser le couvert dans la grande salle de réception. On avait posé sur la table en bois une longue nappe blanche brodée d'un liseré bleu. Le soleil naissant du matin tardait à percer à travers les minces ouvertures du mur est. Deux chandeliers en or et leurs bougies éclairaient timidement le tissu virginal. Devant eux, trois belles danseuses les divertissaient pendant le repas.

Aël, fasciné par les mouvements gracieux des jeunes femmes, occupait la place centrale du triptyque sur un large fauteuil recouvert de velours bleu. À sa gauche, le souverain d'Idrasil, sur une simple assise en bois, agitait nerveusement sa jambe dans l'attente de nouvelles de Langloi. À la droite du seigneur Wagil, la fée maléfique de Tanis avait revêtu son manteau d'hermine blanc et rouge. Ses cheveux blonds étaient rassemblés en une grande tresse par un ruban pourpre. Elle s'apprêtait à déguster un morceau de pain à la confiture de graisilles lorsqu'elle sentit son voisin s'immobiliser et fixer la porte d'entrée.

— Qu'y a-t-il ?

Elle n'eut pas à attendre sa réponse. Un énorme serpent aux écailles tachetées de marron et de vert sombre se faufila entre les jambes nues des danseuses jusqu'à leur table. Il se dressa devant eux. Enoghat eut un mouvement de recul. Deux bras puissants jaillirent du reptile. Sa tête devint ronde, le nez s'allongea. Il devait mesurer plus de deux mètres.

— Quelle raison t'a poussé à quitter le camp dont tu avais la garde, Wakou ? questionna le chef des Wagils sans montrer son étonnement.

— *Dibe*, le campement a été attaqué cette nuit.

Magda, stupéfaite, se leva d'un bond. Les filles apeurées s'enfuirent en courant de la grande salle.

— Quoi ? hurla-t-elle.

Sous l'effet de la colère, des flammes s'échappèrent de ses doigts agiles, manquant de mettre le feu à la nappe. Aël posa fermement sa main sur son avant-bras et, d'un geste brusque, la fit se rasseoir.

— Je t'écoute, poursuivit ce dernier d'un calme inattendu.

Sans aucune émotion, la sentinelle résuma en quelques mots les événements de la nuit. Les trois autres l'avaient écouté avec beaucoup d'attention. À chacun de ces mots, Enoghat pâlissait d'effroi et semblait se liquéfier sur sa chaise. La fée, qui s'était retenue pendant la durée du récit, explosa à l'évocation des deux fugitives, pestant contre l'incompétence des hommes-serpents. Le roi d'Idrasil n'osait plus bouger ; il savait pertinemment que la responsabilité de ce désastre sur ses terres lui incomberait et attendait le moment fatal où Aël et Magda s'en prendraient à lui. Cette dernière quitta la pièce, furieuse.

Le seigneur noir se leva et, sans se retourner, fit résonner ces mots terribles à travers la salle :

— Voilà où nous a menés votre incompétence, Enoghat. Les Idrasiliens vont devoir payer le prix de leur rébellion.

Il se transforma en serpent, suivi de la sentinelle Wakou, puis ils quittèrent la pièce à leur tour sous le regard terrorisé et impuissant du vieux roi.

***

Après plusieurs heures passées à se glisser en rampant dans les hautes herbes des plaines brillantes du Bertil, le seigneur wagil parvint à l'entrée de son campement. L'impressionnant reptile rouge et noir débuta sa métamorphose. Son regard s'orienta d'abord vers la palissade ouest en partie brûlée. C'était donc là qu'ils avaient commencé à attaquer, une bonne diversion. Le roi serpent reconnut le génie militaire de Dana, la fée rousse à la beauté envoûtante. Aël aimait la compagnie des femmes, mais, plus que tout, les fées le subjuguaient. Pas seulement pour leur pouvoir, mais aussi pour leur caractère fougueux et passionné, des êtres indomptables qu'il se mettait au défi de soumettre à sa volonté. Pour les autres créatures enchanteresses, Magda s'en était chargée facilement. Mais Dana avait combattu jusqu'au bout sans jamais s'avouer vaincue. Un jour, il l'aurait, elle aussi. Et elle implorerait son pardon à genoux, sensuelle et soumise.

Il passa l'entrée et se dirigea vers la première tente du Wagil mort dont il avait oublié le nom. Peu importait d'ailleurs puisqu'il s'était laissé tuer si facilement qu'il ne méritait pas sa place dans l'armée des hommes-serpents. On avait enlevé le corps pour aller le brûler un peu plus loin avec la dizaine d'autres victimes. Entre les mangoustes, les loups et les chevaliers, les rebelles avaient mené cette attaque-surprise d'une main de maître. Au fond de lui, Aël se réjouissait de retrouver enfin des adversaires dignes de lui, vingt ans après la défaite d'Aghar à végéter dans son palais.

Il se demanda soudain où pouvait être Magda. Il se tourna vers l'homme-serpent près de lui pour l'interroger.

— *Wali yanga, Dibe.*

Il se rendit d'un pas décidé vers sa tente devant laquelle il découvrit un serpent carbonisé. La fée terrifiante était bien passée par là.

— Si tu tues tous mes hommes, fit-il remarquer en soulevant les tentures de l'entrée, comment veux-tu que l'on rattrape ces *muto* ?

La blonde rayonnante s'agitait dans tous les sens.

— Tes hommes sont des incapables, Aël, ils ont laissé s'enfuir deux prisonnières ! Sans parler de la petite-fille de Yun qui s'est envolée dans la nature !

— Patience, nous allons les retrouver.

— Non ! répondit-elle fermement, cette fois, je m'en occupe moi-même.

— Et où as-tu l'intention d'aller ?

— À Kenaan.

— Je doute qu'ils soient assez bêtes pour s'y être cachés.

— Peu importe, j'ai une petite revanche à prendre sur le peuple idrasilien. Ils vont voir ce qu'il en coûte de s'attirer la colère de la reine de Tanis !

***

La cité de Kenaan était apparue il y a bien longtemps, quand les hommes venus de l'ouest avaient migré sur les terres d'Idrasil. Elle n'avait d'abord été qu'un petit village constitué de quelques maisons en pierres. D'autres paysans étaient ensuite venus s'installer dans cette région fertile et avaient ainsi grossi la bourgade. Sept familles, parmi les plus anciennes, s'étaient démarquées en développant le commerce avec les villages voisins et la citadelle. Elles s'étaient rapidement enrichies et avaient fait prospérer l'antique cité. Depuis, Kenaan était dirigée par les patriarches de ces sept grandes lignées de notables, les fils remplaçant les pères à leur mort. Ils constituaient le Conseil sage des anciens. Ils se réunissaient chaque matin dans un bâtiment circulaire en plein centre de la ville surnommé la Rotonde, où chacun des Sept siégeait à égalité. Autour de la place centrale, partie la plus ancienne de la cité, six grandes rues principales se déployaient en étoile. Ces six routes pavées aboutissaient à une entrée façonnée dans le mur d'enceinte construit au temps des Grandes Guerres pour protéger les habitants. Des chemins secondaires en terre battue reliaient les artères principales entre elles.

C'était l'heure du déjeuner et la plupart des paysans avaient déserté les champs gorgés de soleil pour prendre un repas bien mérité dans la fraîcheur des constructions de pierres. Les derniers marchands repliaient les étals sur la place du marché. La plupart des artisans avaient fermé boutique pour le repas de midi et la sieste. Le Conseil sage des anciens finissait de débattre sur les dépenses à prévoir pour la célèbre fête des vendanges. Quelques enfants parcouraient les rues en courant et riant pour rejoindre leur demeure.

La fée apparut à l'entrée sud-ouest. Comme avant chaque combat, elle avait revêtu une tenue courte pour faciliter ses mouvements. Le long de ses mollets à la blancheur étincelante s'enroulaient les lacets rouges de ses sandales. Ses cheveux blonds étaient relevés en chignon. Sa grande beauté rendait ses actions encore plus cruelles. Elle connaissait bien Kenaan. Le mur d'enceinte avait été renforcé par des morceaux de fer notamment à cause d'elle. Déterminée, elle posa la main sur la colossale porte en bois. Elle entendit alors un sifflement derrière elle comme si une créature gigantesque se faufilait à son insu.

— Que viens-tu faire ici, Aël ? demanda-t-elle, agacée, sans se retourner.

L'énorme serpent rouge et noir glissa lascivement entre ses jambes nues, puis se métamorphosa à ses côtés.

— Il n'y a que toi qui as le droit de t'amuser ? demanda-t-il ironiquement.

Elle répondit d'un même sourire narquois.

— Allons-y, alors… comme au bon vieux temps.

Elle l'embrassa avec passion juste avant qu'il ne redevienne un reptile et s'enroule autour de ses épaules. La main rouge de la fée s'enflamma et, en quelques instants, la porte s'embrasa entièrement avant de s'effondrer.

Dans la rue du Levant, le calme régnait. Deux enfants jouaient aux abords d'une maison. Ils virent sans comprendre un brasier démarrer à quelques mètres d'eux. Le plus grand, un garçonnet aux cheveux noirs, appela sa mère. Celle-ci sortit aussitôt et vit avec effroi une horde de serpents envahir l'allée. Au milieu de la masse, elle eut juste le temps d'apercevoir une jeune femme blonde vêtue de rouge, deux grandes ailes fines et transparentes dans le dos. On aurait pu penser qu'il s'agissait d'un ange descendu du ciel si elle n'avait eu des flammes au bout des doigts. La mère attrapa les deux petits par le bras et s'engouffra dans l'habitation en barricadant l'ouverture.

Les petites bâtisses de pierres, ainsi que leurs insignifiants occupants, n'intéressaient pas Magda. Comme toujours, elle laissait ces futiles distractions aux Wagils. Pour les aider, elle mit le feu au passage à une porte ou deux, afin qu'ils puissent y pénétrer plus rapidement. Elle visait le cœur même de la ville, la Rotonde, où, avec un peu de chance, les Sept seraient encore présents. Les reptiles rampèrent d'abord dans les maisons restées ouvertes par ce temps estival, ou celles dont les portes avaient été brûlées. Les habitants de cette rue n'eurent pas le temps de réagir. Déjà, certains se retrouvaient piégés à l'intérieur tandis que d'autres s'enfuyaient en hurlant, avant d'être rapidement rattrapés à leur tour par les reptiles restés dehors. La technique des hommes-serpents était toujours la même : déloger les résidents et les attendre à la sortie. Ensuite, ils attaquaient les hommes en dispersant leur venin par des morsures ou en s'enroulant autour de leur cou afin de les étouffer. Les femmes étaient attachées par des Wagils transformés en hommes, puis gardées prisonnières. Ils tuaient rarement les jeunes enfants, les laissant même s'enfuir dans le but de propager leurs terrifiantes actions et susciter l'effroi à travers ces orphelins.

Les cris de terreur parvinrent ainsi aux routes adjacentes. La population des rues de l'Aurore et du Midi chercha à atteindre le mur d'enceinte, mais ils se retrouvèrent bloqués par le feu qui ne cessait de se propager. Ils étaient pris au piège à leur tour. D'autres, les plus près de la place centrale, trouvèrent refuge dans la Rotonde. Par chance, les accès les plus au nord n'étaient pas encore condamnés et une bonne partie des citadins parvint à s'échapper par les entrées nord et nord-ouest.

***

Peu avant midi, Dana s'éveilla la première. Elle n'avait jamais eu besoin de beaucoup dormir. Elle s'étira et se dirigea vers le chemin de ronde. L'été approchait de sa fin, mais le soleil brillait toujours. Elle s'assit sur la plate-forme en bois qui surplombait la clairière à vingt mètres du sol. Elle ferma les yeux et inspira profondément. Un vent léger lui effleura le visage et partit se perdre comme un soupir dans les feuilles voisines. Des gazouillements d'oiseaux se répondaient d'une branche à l'autre, brisant d'un brouhaha mélodieux le silence calme de la forêt. Une agréable odeur citronnée d'aiguilles de sapin lui monta aux narines. La captivité au fond de la grotte d'Anir lui avait fait perdre toute notion de vie et de temps. Même si une vingtaine d'années ne comptaient que peu dans l'existence immortelle d'une fée, elle était soulagée de pouvoir respirer à nouveau à l'air libre. Elle ouvrit ses grands yeux verts soudain éblouis par le soleil et laissa filer son regard à travers les arbres de la clairière si familière et si chère à son cœur. Bientôt, elle sentit le tremblement des planches de bois sous la pression des pas lourds et fatigués de la sentinelle terminant son tour de garde. Elle se tourna vers le plus jeune des chevaliers au service de Sigis et lui adressa un sourire compatissant. Aban, les joues creusées, les yeux fatigués et le visage plus blanc que d'habitude, s'étonna de sa présence :

— Déjà réveillée ?

Elle lui proposa de prendre sa place afin qu'il puisse aller se reposer à son tour. Elle entamait le deuxième virage du chemin de ronde quand il la rejoint en courant, affolé.

— Médarine a disparu !

— Comment ?

— Médarine, la deuxième fille, elle n'est pas sur la plate-forme avec les autres ! Seule Lona est endormie près de Solen.

Ils décidèrent de se séparer afin de la retrouver. Tandis que Dana s'envolait pour avoir une vue aérienne, Aban, nerveux, descendit dans la clairière pour inspecter les environs. Quelques minutes plus tard, ils se retrouvèrent au pied de l'arbre-échelle, bredouilles. Le jeune homme inquiet se souvint alors de la discussion de la nuit à leur arrivée à la cascade et fit part de ces doutes à la Fée. Si Médarine avait décidé de rentrer chez elle, et qu'elle était arrêtée par les Wagils ou par l'armée de Langloi, ils seraient tous en danger, car elle connaissait l'endroit secret de la cabane rousse, et. Il fallait la retrouver sans perdre une minute. Tandis que leurs compagnons dormaient encore, épuisés par une longue nuit de combats, Aban et Dana se mirent en route pour Neven. Elle appela de son pouvoir deux chevaux qui broutaient tranquillement dans un champ voisin. Alors qu'ils s'apprêtaient à sortir de la forêt, une colombe se posa sur l'épaule de Dana. Elle parut d'un coup très inquiète.

— Que se passe-t-il ? questionna le chevalier à ces côtés.

— Magda et Aël ont attaqué Kenaan… La ville est en feu, beaucoup d'hommes sont morts, et les survivants sont en fuite vers Eona…

Le chevalier la regarda, terrifié.

— Vous pensez que c'est à cause de l'attaque du camp ?

— Ils n'ont certainement pas dû apprécier notre escapade nocturne.

— Quelle horreur ! Qu'avons-nous fait ?

Aban freina sa monture et se mit à réfléchir. Si Dana partait secourir les habitants de Kenaan, il devrait se rendre seul à la recherche de la fugitive avant qu'il ne soit trop tard. Son cœur s'emballa. Malgré l'angoisse du danger, il était tout excité : voilà le moment qu'il attendait pour prouver sa valeur aux autres. En effet, ses compagnons, certes sympathiques, l'avaient toujours considéré comme le petit dernier, celui sur qui il fallait veiller. Après quelques secondes, il se tourna d'un air décidé vers la fée :

— Vous devez aller à la vieille cité pour secourir les habitants.

— Vous oubliez Médarine ? Si elle révèle à quelqu'un la cachette de la cabane...

— N'ayez crainte, je me rends de ce pas à Neven.

— Seul ?

— Que voulez-vous qu'il m'arrive ? Ce n'est qu'une jeune fille ! dit-il en souriant.

— D'accord, mais soyez prudent. Si vous apercevez des Wagils, ou encore des hommes de Langloi, ne tentez rien d'inconscient et retournez dans la forêt chercher les autres.

Il acquiesça en souriant. Dana accepta à contrecœur cette solution, car elle avait un mauvais pressentiment. Elle laissa repartir son cheval dans la forêt et s'envola gracieusement tel un oiseau fragile.

***

Parvenu à Neven, Aban s'approcha nerveusement du mur d'enceinte à l'arrière de la cité. La porte d'entrée était trop dangereuse. D'ordinaire, elle restait ouverte dans la journée pour faciliter les allées et venues des badauds ; mais, en ces temps incertains, les habitants terrorisés se barricadaient dans leur ville. Il devrait s'annoncer à la porte et expliquer le but de sa visite. Or, il était officiellement banni par le roi, et il se trouverait certainement à Neven des personnes soucieuses d'obéir et prêts à le dénoncer à Enoghat, ou pire, à Langloi. Il se souvint que le veilleur de nuit et son fils Elar avaient su se montrer discrets lors de leur venue quelques jours plus tôt, et les avaient aidés à se cacher. Le chevalier décida alors d'escalader la barricade et de rejoindre leur grange aux abords des remparts.

Le petit homme grassouillet était occupé à balayer la vieille bâtisse quand il entendit un bruit derrière lui.

— Il y a quelqu'un ? s'inquiéta-t-il en cherchant des yeux une trace humaine.

— N'ayez crainte, chuchota l'individu, je suis le chevalier Aban. Souvenez-vous, vous nous avez aidés il y a quelques nuits avec mes amis des collines rouges.

Le visage d'Elar s'éclaira. Il avait reconnu l'air sympathique du jeune soldat. Il se dirigea vers la porte du bâtiment et la ferma.

— Ah, c'est vous ! Il s'est passé des choses bien étranges depuis votre départ : le neveu du roi, le chevalier Langloi, avec ses hommes, ils fouillent les maisons en menaçant les habitants. Ils sont à votre recherche, ainsi que celle du prince. Mais que se passe-t-il donc ?

— Ce serait bien long de tout vous expliquer, et je suis malheureusement pressé par le temps. Je suis à la recherche d'une des jeunes filles disparues, Médarine. Nous avions réussi à la délivrer cette nuit. Mais, alors que nous tentions de la cacher pour qu'elle échappe aux Wagils, elle a dû prendre peur et s'est enfuie. Je pense qu'elle a voulu rejoindre ses parents.

— Oui, Médarine, je la connais, c'est la fille du meunier. Ils sont assez riches. Sa famille a une maison confortable près de la grand-place. Je peux vous y conduire si vous voulez.

— Vous êtes bien aimable. Cependant, il est risqué d'être aperçu avec un chevalier banni, votre générosité pourrait s'avérer dangereuse.

— Je ne suis peut-être qu'un simple fermier, fils du veilleur de nuit, mais je suis courageux, et je n'ai pas peur d'affronter ces gardes malhonnêtes qui terrorisent la population.

— Je m'en réjouis, cher ami, mais sachez qu'une fois que vous aurez désobéi au roi, vous ne pourrez plus faire marche arrière, vous serez bientôt classé dans la catégorie des « rebelles » et chassé du royaume à votre tour.

— Eh bien, qu'il en soit ainsi. Je préfère vivre loin d'ici la conscience tranquille que de rester en acceptant l'injustice.

— Alors, je vous suis.

Parvenu à la grand-place, Aban frappa à la porte qu'Elar lui avait indiquée. Il ne reçut aucune réponse. Il s'aperçut que la porte était entrouverte. Il fit signe à son nouvel allié de rester caché derrière le mur de l'habitation voisine et poussa la porte avec la chair de poule.

— Médarine ?

Les rideaux avaient été tirés et la pièce était plongée dans l'obscurité.

— Il y a quelqu'un ? N'ayez crainte. Je me nomme Aban, je suis un chevalier au service du prince. Je suis là pour aider votre fille.

Une ombre se glissa furtivement derrière lui, fit claquer la porte et tira le rideau d'un coup sec. Le soleil postméridien inonda la pièce de lumière, laissant découvrir l'horreur de la situation : Médarine, bâillonnée et attachée à une chaise, se débattait en le fixant de ses yeux suppliants. Elle était entourée de trois gardes aux couleurs du roi. Un rire éclata derrière Aban. Sans se retourner, il devina l'identité de son ennemi par qui il avait été formé chez les gardes rouges.

— C'est mon jour de chance on dirait, ricana l'homme. Deux rebelles d'un coup ! Et sans effort !

— Laisse-la partir, Langloi, ce combat ne la concerne pas.

— Au contraire ! Magda me paiera très cher pour avoir récupéré sa fugitive. Sans compter qu'elle sait où est la cabane rousse.

La jeune fille terrorisée comprit avec effroi quelle erreur elle avait faite en s'enfuyant. Elle regretta trop tard de ne pas avoir suivi les conseils des chevaliers qui ne cherchaient qu'à la sauver.

— Alors, poursuivit Aban, déterminé, en tirant l'épée de son fourreau, tu devras me tuer d'abord.

— C'était bien mon intention, répliqua l'autre en l'imitant.

Aban attaqua le premier. Sans hésiter, il se retourna vivement en lançant l'arme au-dessus de sa tête pour la rabattre sur Langloi, qui contra son offensive. S'ensuivit alors un furieux enchaînement de bruits des lames s'entrechoquant l'une contre l'autre. Les duellistes maniaient tous les deux l'épée avec une grande habileté, et les trois compagnons du nouveau prince, restés près de la prisonnière, demeurèrent un instant stupéfaits. Concentré sur le combat, le neveu du roi bouscula une chaise et manqua de perdre l'équilibre ; ces quelques secondes suffirent à Aban pour prendre le dessus et l'obliger à reculer contre un mur. Des gouttes de sueur perlaient du front de Langloi, exaspéré. Les autres chevaliers, le voyant en difficulté, se ruèrent sur l'adversaire, l'arme à la main. L'ami de Sigis eut à peine le temps de faire demi-tour pour essuyer une pluie d'attaque venant de tous côtés.

La situation était plutôt mal engagée pour lui, et Médarine pleurait en se débattant. À force de s'agiter, la chaise sur laquelle elle se trouvait tomba et elle put dégager ses mains. Prise de panique, elle tenta de fuir dans la pièce voisine ; malheureusement, un des gardes la vit et se précipita vers elle. Il l'empoigna par les cheveux et tira d'un coup sec, la menaçant de son épée. La jeune fille s'écroula à terre en hurlant d'effroi et de douleur. Aban, qui continuait d'esquiver les attaques des trois autres combattants, essaya de s'approcher d'elle pour la défendre. Ils furent bientôt entourés par les quatre soldats. Langloi, essuyant son front d'un revers de main, déclara d'un air triomphant :

— C'est fini, Aban, tu n'es pas de taille à nous affronter, rendez-vous !

À ce moment-là, Médarine se représenta ce qu'elle subirait si elle était attrapée vivante : la torture, d'abord, pour lui faire avouer où se trouvait son amie Lona ; puis elle serait de nouveau remise à cette femme cruelle, Magda, que tout le monde appelait « fée » alors qu'elle n'avait rien de féerique tant sa méchanceté était sans limites. Et ce jeune chevalier qui risquait sa vie pour les sauver, elle et ses amis, alors que tout était de sa faute. Si seulement elle n'avait pas paniqué ! Mais elle n'avait plus peur à présent. Sa fin était proche, et elle ne prendrait pas le risque que ses autres sauveurs soient découverts. Elle se releva courageusement :

— Non.

— Que dis-tu, femme ? s'étonna l'héritier du trône, étonné de recevoir une résistance de la part d'une modeste citadine.

— Nous ne nous rendrons pas.

Aban sourit devant la témérité de la jeune femme rondouillarde, jusqu'alors plutôt craintive, ce qui lui redonna du courage. Au lieu de le figer, la peur avait décuplé ses forces et il se sentait prêt pour le combat de sa vie.

— Tu as bien entendu, Langloi ? Il n'est pas question de nous rendre. Soit tu nous laisses partir, soit tu nous tues.

Le neveu du roi, dans un sourire mauvais, soupira de contentement :

— Si tel est ton désir…

Il abattit sa lame en direction de son adversaire qui la repoussa. Médarine en profita pour se précipiter vers la porte d'entrée, espérant trouver de l'aide.

— Gun, Badin ! ordonna Langloi, autoritaire à ses hommes, occupez-vous d'elle !

Voyant qu'elle était prise au piège, elle bifurqua alors vers la table à côté de laquelle Langloi avait trébuché précédemment et attrapa un couteau. Elle brandit la lame devant les deux soldats qui se mirent à rire :

— Allons, ma belle, que comptes-tu faire avec ça ? Donne-nous cette lame, tu pourrais te blesser.

Elle était à présent résolue et rien n'aurait pu la faire changer d'avis. Elle chercha des yeux le jeune homme châtain, si courageux et si serviable.

— Pardon, murmura-t-elle d'un sourire compatissant.

Puis elle se tourna déterminée vers les deux monstres face à elle :

— Vous ne m'aurez pas vivante.

— Non ! se mit à crier Aban en tendant les bras vers elle.

C'était trop tard. Elle enfonça de toutes ses forces la lame aiguisée dans son abdomen. Sous l'effet de la douleur, elle tomba à genoux. Elle regarda ses mains couvertes de sang. Sa vue se brouillait, ses lèvres tremblaient. Instinctivement, ses poumons continuaient de se gonfler, mais ils se remplirent peu à peu de sang et elle suffoqua. Ses pensées allèrent à ses parents qu'elle n'avait pas eu l'occasion de revoir. Elle eut soudain très froid. Les soldats devant elle restèrent bouche bée. Langloi, stupéfait, arrêta le combat pour s'approcher d'elle. Il la poussa sur le côté et elle s'écroula à terre, agonisante. Dans un dernier sourire victorieux face à l'ennemi amer, elle ferma les yeux et s'éteignit.

— Petite sotte, maugréa l'héritier entre ses dents, comment vais-je expliquer cela à Magda ?

Aban, quant à lui, était comme figé. Il frissonna d'effroi. Le visage blême, il pensa même un instant à profiter de la situation pour prendre ses jambes à son cou. Puis il se ressaisit. Cela n'aurait pas été digne d'un chevalier, pas digne du prince Sigis, son héros. S'il devait mourir lui aussi, ce serait en combattant. Pourtant, il était évident qu'il ne pourrait pas faire face à quatre combattants en même temps, d'autant plus que Langloi était parmi eux et qu'il était redoutable.

Soudain, comme surgi de nulle part, Elar, le fils du veilleur de nuit, fit irruption dans la pièce, une fourche à la main. Il avait d'abord sagement attendu le courageux chevalier comme celui-ci le lui avait demandé. Mais il avait vu la porte claquer et, après plusieurs minutes, son nouvel ami ne ressortait toujours pas. Il trépignait d'impatience, se rongeant les derniers ongles sales qui lui restaient, lorsqu'il entendit le cri horrible d'une jeune fille. C'en était trop. Il attrapa la fourche du père Chavotte qui traînait devant la maison voisine et s'aventura à pas de loup près de la fenêtre aux rebords bleus. Il vit avec effroi Médarine s'écrouler, un couteau planté dans le ventre. Rassemblant son courage, le petit bonhomme timide enfonça la porte. Par la vitre, il avait parfaitement repéré la position des deux gardes face à la jeune femme. Profitant de l'effet de surprise, sans hésiter, il plongea de toutes ses forces son arme de fortune dans le corps du premier soldat, traversant d'un coup la cotte de mailles.

Tous les yeux interloqués se tournèrent vers lui. Affolé et tremblant, Elar lâcha la fourche et détala comme un lapin à la vue d'un renard, alors que l'homme transpercé, Gun, s'écroulait sans avoir eu le temps de comprendre ce qui lui arrivait. Tirant profit de ce nouveau rebondissement, Aban, reprenant ses esprits, trancha d'un coup d'épée la tête de l'homme devant lui, puis tenta de traverser la pièce pour atteindre la porte que son ami venait de franchir. Langloi, dépassé par la situation, fixa le visage décapité qui roulait jusqu'à lui. Vexé d'être ainsi ridiculisé par un simple paysan et un chevalier bon à rien, il agrippa fermement son épée et courut barrer la route à Aban.

Celui-ci allait passer l'entrée de la maison et lui tournait le dos: il ne vit le coup fatal arriver. Enragé, le cousin de Sigis abattit sa lame et le toucha à l'épaule gauche. Malgré la stupéfaction et la douleur, le modeste combattant se retourna et tenta de frapper à son tour son ennemi de sa main droite. L'autre soldat, Badin, se rua sur lui, furieux de la mort de ses deux amis.

Ils atterrirent tous les trois dans la rue déserte. À la vue d'un combat entre chevaliers, les habitants de la grand-place se barricadèrent chez eux, guettant tout de même l'issue de leur fenêtre. Seul, Elar, bouleversé d'avoir tué un homme pour la première fois de sa courte existence, s'était caché derrière un buisson et redoutait qu'un des hommes du roi le trouve. Sa seule issue résidait dans la victoire, peu probable, de son ami. Or, la blessure d'Aban n'était pas mortelle pour le moment, mais elle saignait beaucoup et le handicapait sérieusement, surtout face à deux très bons combattants. Il tentait de barrer les coups du mieux qu'il pouvait, mais, bientôt, il fut touché une seconde fois à la cuisse gauche sans trop savoir d'où le coup était venu. Elar, terrorisé, chercha autour de lui une solution possible pour eux deux. Ses yeux se posèrent à nouveau sur la bicoque du père Chavotte. Il se souvint que, étant enfant, ce dernier lui avait révélé l'existence d'un tunnel sous la maison menant directement à l'extérieur des remparts. Ces corridors secrets auraient servi lors de la guerre contre Magda et les Wagils. D'après son père, la plupart des anciennes demeures de Neven ayant appartenu à la résistance en étaient pourvues. Les deux soldats d'Enoghat, trop jeunes quand les combats avaient éclaté, ignoraient certainement ce fait connu des plus vieux. Elar pensa aussitôt que s'il parvenait à faire diversion et à se réfugier avec Aban chez le père Chavotte, ils pourraient sûrement disparaître dans les galeries souterraines et fuir la ville. Dans son malheur, Aban avait la chance de se trouver justement devant la bonne porte. Derrière son buisson, le petit homme robuste sortit deux mouchoirs de sa poche. Il ramassa habilement et silencieusement de la terre et du sable autour de lui et en emplit les tissus. Alors que son ami blessé, à terre, allait se faire transpercer par la lame vengeresse de Badin, Elar sortit comme un diable au fond d'une boîte et, avant que les autres comprennent ce qu'il se passait, lança les deux pièges aux yeux des assaillants, momentanément aveuglés. Il poussa Aban à travers la porte, et barricada l'ouverture derrière lui. Langloi, chassant nerveusement la terre qui lui obstruait la vue, voulut ouvrir, mais la clenche lui résista. Les yeux rougis et brûlants, il tenta de défoncer à coups d'épaule l'entrée de la vieille cabane en bois. À l'intérieur, sans perdre un instant, Elar, suivi d'Aban, déboussolé face à toute cette agitation, se dirigea vers le passage secret derrière le comptoir de la cuisine, en prenant soin de faire diversion en ouvrant la fenêtre, et tous deux disparurent dans le souterrain alors que leurs ennemis surgissaient dans la pièce. Scrutant la salle, Badin vit que la fenêtre arrière était grande ouverte et tomba dans le piège d'Elar en pensant que les fugitifs étaient certainement passés par là. Ainsi, les deux chevaliers aux ordres du roi se précipitèrent dans la rue adjacente tandis que le paysan et son ami descendaient dans les tunnels secrets de Neven.

Ils dévalèrent d'abord quelques marches en bois en prenant soin de ne pas les faire craquer, puis ils s'engouffrèrent dans le corridor obscur charpenté de planches encore en bon état malgré le passage du temps. Alors qu'ils commençaient à avancer sur la terre fraîche et humide, de petits cailloux sur les côtés du chemin s'illuminèrent à leur passage. « Des pierres poussière d'étoile », pensa Elar. Il se souvint de la légende que lui contait son oncle : au moment de l'apparition des fées, le Ciel et la Terre avaient fusionné en harmonie pour former six êtres de lumière. Personne ne savait exactement comment ce phénomène inexplicable s'était produit. Les anciens racontaient encore que des milliers d'étoiles filantes auraient alors envahi le ciel, se brisant en éclats sur le sol. Elles créèrent ainsi une multitude de pierres magiques capables de s'allumer au contact de la chaleur d'un être vivant au sang chaud afin de les guider dans l'obscurité ou de réchauffer leur cœur dans les heures les plus sombres. Bien plus tard, la protectrice d'Idrasil, la fée aux ailes vertes, en avait rassemblé des centaines et en avait parsemé les tunnels secrets de la résistance, car ces roches ne s'éclairaient pas en présence des Wagils, reptiles au sang froid. Elle avait aussi offert quelques-unes de ces pierres aux familles amies et alliées pour symboliser leur appartenance au groupe ou simplement les remercier.

De manière à maintenir le chevalier éveillé, Elar poursuivait son récit sur les pierres magiques durant la traversée du souterrain. Malheureusement, Aban, avec ses deux entailles, perdait beaucoup de sang et se fatigua rapidement. Il s'assit finalement.

— Allons, courage, lui souffla Elar, il faut avancer, sinon, ils vont nous trouver !

— Hélas, je suis trop faible, je n'ai pas la force de faire un pas de plus. Sauve-toi, mon ami, et merci pour tout.

— Il n'est pas question que je vous abandonne là tout seul. Nous allons retrouver vos compagnons, et ils vont vous soigner.

Les joues rougies par l'effort, le front en sueur et les cheveux collants, le brave garçon prit le bras de son allié gémissant de douleur et le passa autour de ses épaules.

— Appuyez-vous sur moi. Allons, avançons !

Il parvint à le transporter ainsi jusqu'à la sortie de la ville. Ils débarquèrent dans un champ où paissaient des chevaux. Elar aida le chevalier à grimper sur un percheron brun, s'installa sur un gris tacheté et ils partirent en direction de la forêt royale.

***

Dans la ville enflammée de Kenaan, Aël, reconnaissable parmi la horde à sa taille et à sa couleur, s'était glissé jusqu'à la place centrale. Derrière lui, Magda prenait un malin plaisir à allumer des foyers du bout de ses doigts agiles. Le seigneur de Tanis, contrarié de trouver l'entrée de la Rotonde barricadée, se transforma en homme pour en venir à bout avec les poings. Ils firent irruption tous deux dans la salle du Conseil où des dizaines de réfugiés, hommes, femmes et enfants apeurés, s'étaient regroupés. Autour de la table ronde, cinq vieillards reconnurent aussitôt le couple maléfique, car ils avaient eu affaire à eux vingt ans auparavant. Les deux plus jeunes, remplaçant depuis peu un parent décédé, par sens de l'honneur et du devoir, se levèrent et se dressèrent devant les intrus. D'un geste brusque, Aël empoigna par le cou celui qui s'approchait de lui et l'étrangla d'une seule main sans quitter des yeux le reste de l'assemblée terrifiée. L'autre recula, mais Magda le rattrapa et, en quelques instants, il tomba, carbonisé.

Un silence effroyable s'abattit sur la salle. Le corps de l'homme fumait encore et une horrible odeur de viande grillée envahit l'atmosphère. Aël s'installa confortablement dans le siège vacant d'un des sages fraîchement tué et parla d'une voix grave qui résonna dans la pièce :

— En tant que souverain légitime du royaume d'Idrasil depuis la signature du traité de paix, il me semble avoir droit à une place au Conseil sage des anciens de Kenaan afin de participer aux décisions de la ville.

Aucun des Sept, ou plutôt des Cinq restants, n'osa le contredire.

— Puisque personne n'y voit d'objection, poursuivit le seigneur wagil après un moment d'attente à dévisager son public, continuons la réunion.

Comme personne ne s'aventurait à lui répondre, l'un des anciens à sa gauche se risqua alors :

— Hum... nous discutions de...

Il fut interrompu par la main levée du roi.

— Euh... oui ?

— Tout cela était sûrement fort intéressant, mais voyez-vous, nous avons une question plus urgente à traiter.

Les autres demeurèrent muets de terreur.

— Il se trouve que cette nuit même, dans mon propre royaume, ici, à Idrasil, près de votre, pardon de notre merveilleuse cité, mon campement a été attaqué par des rebelles.

Pendant qu'il parlait, Magda parcourait la pièce d'un air menaçant en observant les réactions de chacun en quête d'un indice. Pour le moment, elle n'y lisait que de l'effroi.

— Ce n'était pas nous, rétorqua le plus jeune des sages restants, encore tremblant de voir ses deux amis étendus près de lui.

Aël le regarda d'un sourire narquois.

— Évidemment, vous n'êtes pas si... inconscients.

— Que voulez-vous alors ? demanda celui qui se trouvait à sa droite. Nous tuer pour vous venger ?

— Je veux que, s'ils se présentent à vous, vous nous livriez les traîtres.

— En échange, vous acceptez de laisser partir ces gens vivants ?

— Ceux-là, répondit le Wagil en désignant du menton la foule rassemblée près du mur opposé, oui. En revanche, pour ceux qui sont dehors, j'ai bien peur qu'il soit trop tard.

— Qui devons-nous chercher ?

Ce fut au tour de Magda de répondre.

— Dana.

— La fée ? Mais… vous l'avez tuée ?

La blonde poussa un profond soupir d'exaspération.

— On dirait bien qu'elle a survécu.

— Il nous sera très difficile d'attraper cette magicienne, je le crains, dut admettre le sage voisin.

— Eh bien, dites-lui que le sort de votre ville en dépend et cette petite sentimentale viendra se livrer d'elle-même.

— Est-elle seule ? s'enquit un des autres sages.

— Elle est accompagnée d'anciens chevaliers d'Enoghat, des déserteurs bannis. Quatre ou cinq au maximum, expliqua le roi, les pieds posés sur la table.

— Mais personne n'est assez compétent ici pour se battre contre des chevaliers !

— Peut-être êtes-vous de leur côté ? rétorqua le seigneur de Tanis d'un ton sec. Dans ce cas, vous subirez le même châtiment réservé aux traîtres.

— Non, non, ne vous méprenez pas, Votre Majesté, nous sommes vos dévoués serviteurs, et si les félons se présentent à nous, vous en serez le premier informé.

Soudain, un Wagil transformé en homme fit irruption dans la pièce.

— *Dibe*, dit-il, essoufflé en s'adressant au roi, vous devriez sortir. Des dizaines d'aigles géants nous attaquent tandis que d'autres éteignent les flammes avec des seaux accrochés à leurs pattes.

Magda se retourna aussitôt vers lui et sourit.

— C'est elle…

— Finalement, nous n'aurons peut-être pas besoin de vous, s'amusa Aël.

La fée blonde sortit en courant, puis s'envola. À bonne hauteur, elle parcourut rapidement la cité des yeux, mais ne vit rien de probant. Sans doute la rousse peureuse s'était-elle cachée dans un coin. Dans le ciel bleu envahi de fumée et de cendres, d'immenses aigles majestueux bruns et blancs, de la famille des *Langörn* des forêts d'Eona, s'agitaient pour porter de l'eau depuis le fleuve. Magda ne leur accorda pas d'importance, scrutant l'espace à la recherche de celle qu'elle croyait morte depuis vingt ans. Les relents familiers du bois brûlé lui montèrent agréablement au nez. Elle aperçut alors un enfant à la recherche de ses parents qui criait leurs noms avec désespoir à travers l'incendie. Elle fondit sur lui tel un rapace et s'éleva à nouveau dans les airs avec sa proie. Le petit, terrorisé, se débattait en hurlant.

— Dana ! héla la fée blonde.

Comme elle ne recevait pas de réponse, elle fit glisser le garçon afin de ne le maintenir que d'un seul bras, laissant le reste de son corps flotter dans le vide.

— Montre-toi ! cria-t-elle, déterminée. Sinon, je le laisse tomber !

Ses ailes frétillaient nerveusement. Des mèches de cheveux détachées de son chignon flottaient dans le vent. La température autour d'elle se réchauffait dangereusement. Tandis qu'elle ne recevait toujours de réponse, elle poursuivit, impatiente :

— Comme tu voudras... soupira-t-elle en lâchant l'enfant.

Alors qu'il s'approchait du sol à grande vitesse, s'égosillant de peur, il fut rattrapé par un ange aux ailes vertes. La créature le posa sur la terre ferme avec délicatesse.

— Cours, murmura l'apparition, fuis vers Eona rejoindre les fugitifs, et ne te retourne pas.

Le petit s'exécuta sans demander son reste. Au moment où la fée rousse se relevait, Magda, triomphante, atterrit gracieusement devant elle.

— Eh bien, ma sœur, toujours aussi sentimentale ?

— Et toi, toujours aussi impitoyable ?

Elles restèrent un moment à se dévisager. Vingt ans avaient passé, mais le temps n'avait eu aucune emprise sur elles. Elles étaient la réplique exacte de ce qu'elles avaient été lors de leur dernière rencontre. Les deux talismans se mirent à briller davantage au contact l'un de l'autre.

— Ainsi, Anir ne t'a pas dévorée.

— Il devait être plus charitable que toi…

— Pourquoi le tuer alors ?

Une dizaine de Wagils surgirent autour de la rousse. D'un brusque mouvement de bras, Magda dressa un cercle de feu autour d'elles, empêchant les serpents de passer.

— *Seto !* ordonna-t-elle, la fée est à moi !

Devant les flammes et l'air déterminé de leur reine, les reptiles reculèrent. Profitant de l'occasion, Dana dégaina son arc et tira sur Magda, mais avant que le projectile atteigne sa cible, la fée blonde tendit la main et la flèche s'embrasa.

— Crois-tu vraiment qu'une flèche puisse m'arrêter ? ria-t-elle. As-tu oublié qui je suis ? As-tu oublié mon pouvoir ? *Noeslang* est tout juste bon à stopper quelques serpents incompétents.

En disant cela, elle entreprit de jeter des boules de feu sur sa rivale, qu'elle esquiva avec habileté.

— Rien ne peut arrêter le feu destructeur.

Les *Langörn* s'étaient assemblés, tournoyant au-dessus de la tête des combattantes. Toutefois, Dana savait bien que son pouvoir ne lui était que de peu d'utilité face à celui de Magda. Alors que celle-ci s'apprêtait à lancer un rond enflammé formé dans sa main droite, un des aigles se risqua à lui renverser le contenu de son seau, éteignant d'un coup l'étincelle entre ses doigts. Brusquement mouillée, la blonde énervée s'embrasa de la tête aux pieds et les quelques gouttes ruisselant sur son visage s'évaporèrent en un instant. Elle se tourna alors vers l'animal imprudent et d'une main vengeresse mit le feu à son plumage brun. Les autres, terrifiés, quittèrent le centre du combat et disparurent dans les airs en direction des forêts, tandis que le volatile calciné s'écrasait à pic. Le cœur de Dana se serra, comme à chaque fois qu'un être sous son pouvoir mourait. Elle ressentit sa souffrance dans tous ses membres et tomba à genoux. Magda, insensible à toute souffrance, éclata de rire face à l'hyperesthésie de la fée verte.

Dana connaissait les limites de son pouvoir ; mais elle avait appris, durant plusieurs années de guerre, à développer d'autres aptitudes pour le combat. Ses principaux atouts étaient la vitesse et l'agilité. Esquivant de nouveau la flamme qui arrivait vers elle, elle roula sur le côté et se releva d'un coup, puis fonça vers son adversaire avant qu'elle n'ait le temps de préparer une autre attaque. Elle voulut la frapper d'un coup de poing au visage, mais celle-ci anticipa l'impact et repoussa son bras d'un geste précis et brusque. Magda n'était pas dupe de l'entraînement de sa sœur avec les chevaliers du roi Aghar ; elle-même vivait depuis plusieurs années avec une armée de combattants redoutables. Leurs attaques étaient précises et méthodiques, d'autant plus que leurs ailes leur permettaient à toutes les deux de sauter très haut et de frapper depuis une certaine altitude, rendant leurs coups plus puissants.

À quelques mètres d'elles, les Wagils les plus jeunes assistaient pour la première fois à un combat entre deux fées. Depuis une vingtaine d'années, après avoir battu ses sœurs les unes après les autres, Magda n'avait pas eu l'occasion de revoir l'une d'entre elles. Elle avait fait face à d'autres ennemis passagers, plus ou moins puissants, et les hommes-serpents avaient vu plusieurs fois son immense talent à l'œuvre ; parfois, malheureusement, certains d'entre eux avaient fait les frais de sa colère et ils la redoutaient autant que leur maître. Pourtant, ce qui se déroulait devant eux dépassait leur imagination. Les deux superbes créatures ailées illuminaient l'atmosphère de lumières dorée, rouge et verte. Leur rapidité et leur agilité étaient surprenantes pour deux femelles quasi humaines et quelques-uns d'entre eux se sentaient soulagés de se trouver derrière la barrière de feu afin d'échapper au combat. Ils furent bientôt rejoints par le roi Aël qui se délectait d'un tel spectacle.

Échappant à plusieurs offensives, Dana fit mine de s'envoler pour attaquer par-devant, mais changea brusquement sa direction. Détournant ainsi l'attention, elle parvint à se poser juste derrière sa sœur, sans qu'elle s'en rende compte, et agrippa ses bras autour de son cou. Magda tenta de se dégager en posant à son tour ses mains enflammées sur son avant-bras. Avant que la douleur ne soit trop forte, la rousse déterminée lui murmura à l'oreille :

— Tu as tort, Magda, je ne peux peut-être pas arrêter ton feu, mais Elle, Elle le pourra. Tu as raison de La craindre. Tu ne L'arrêteras jamais.

Et alors que le terrifiant Aël, muté en serpent, se dirigeait rapidement vers elle afin de délivrer sa compagne, Dana tendit ses bras marqués de brûlures vers deux aigles géants qui descendaient jusqu'à elle pour l'enlever. Elle s'agrippa à leurs pattes et, avant qu'Aël ne la saisisse, s'envola. Son ennemie resta muette quelques secondes tandis que le roi des Wagils se métamorphosait à ses côtés.

— Alors, ma belle, on s'est laissé surprendre ? plaisanta-t-il. Peut-être aurais-tu dû laisser mes hommes t'aider…

— Elle sait, chuchota la fée blonde en serrant ses poings.

— Que dis-tu ?

— Elle sait, répéta-t-elle plus fort. Dana, elle sait qui est la septième fée.

Chapitre 11

La mort

Elar et Aban parvinrent à l'orée de la forêt sans être inquiétés, mais les forces du chevalier diminuaient de minute en minute. Ses yeux ne voyaient déjà plus très clair et il se sentait vaciller sur sa monture. Malgré le tissu noué autour de sa jambe par le fermier, le sang continuait de couler et la vie peu à peu quittait son corps trop jeune.

— La cascade, parvint-il à prononcer d'une voix étouffée avant de sombrer dans un demi-sommeil.

— La cascade ? Vous avez soif ? C'est là que sont vos amis ? Aban ! Ne vous endormez pas ! Il faut tenir !

Elar vit que son ami menaçait de tomber de sa selle et descendit de son cheval. Il s'approcha du percheron brun et tenta de le maintenir assis. Il laissa partir l'autre animal et guida le cheval marron. Il était déjà venu une fois dans cette forêt et se rappelait vaguement que la rivière descendant du plateau royal chutait en cascade au cœur des bois. Il se demanda bien pourquoi Aban voulait s'y rendre. Peut-être était-ce un point de ralliement ? En tout cas, il l'espérait, car, à la vue de l'état de son camarade, il n'en avait plus pour très longtemps.

— Nous y sommes, affirma-t-il quelques minutes plus tard en s'approchant de l'étendue d'eau.

Comme il ne recevait pas de réponse, il secoua légèrement Aban, qui, dans un sursaut, parvint à articuler ces quelques mots :

— Passer… derrière… traverser… la grotte…

— Traverser la cascade ? Il y a une grotte derrière ? C'est ça ? Aban !

Mais son ami ne répondait déjà plus. Malgré sa petite taille, Elar fit glisser le corps de son ami le long du cheval et le prit sur son dos. Déterminé, il rassembla toutes ses forces pour conduire le chevalier mourant le long de la paroi de pierres.

***

L'après-midi était déjà bien entamé lorsque Solen ouvrit enfin les yeux. Il avait l'impression de se réveiller d'un long cauchemar. Sa peau était humide de transpiration. Il tourna légèrement la tête vers la gauche et aperçut la jeune fille ravissante aux longs cheveux noirs et fins assise près de lui, rinçant un linge dans de l'eau claire.

— Ah, constata-t-elle d'un sourire radieux, vous êtes enfin réveillé !

Il essaya de s'asseoir, mais ses muscles étaient encore engourdis.

— Restez allongé, vous avez eu une bien mauvaise nuit, expliqua Lona à la voix douce en posant le linge frais sur son front brûlant.

— Où sont mes amis ? demanda-t-il d'une voix éteinte.

— Soyez tranquille, ils sont en bas. Je vais d'ailleurs les prévenir que vous êtes conscient.

Lona descendit l'échelle en bois vers la pièce principale où étaient rassemblés les autres occupants de la cachette dans les arbres. Elle n'avait pas encore eu l'occasion de tous les rencontrer. Ils avaient l'air soucieux.

— Que se passe-t-il ?

— Savez-vous où se trouve Médarine ? demanda le grand brun en tournant vers elle ses yeux noirs inquiets.

— Elle n'est plus là ?

— Non, elle a disparu, de même que notre ami Aban et la fée.

— Peut-être sont-ils partis… chercher à manger ?

— J'ai regardé partout dans les environs et fait plusieurs fois le tour du chemin de ronde, ajouta le deuxième chevalier nommé Aslin, et je n'ai vu personne. Aban a veillé toute la nuit, il doit être épuisé, et Dana n'aurait jamais pris le risque de partir avec une des prisonnières de Magda.

— Tout cela ne me dit rien qui vaille, ajouta fébrilement un vieil homme qu'elle n'avait encore jamais vu.

Le plus grand d'entre eux, Kaïm, pensait qu'il fallait continuer de les chercher, car il s'était certainement passé quelque chose. Lona voulait participer aux recherches, mais les autres refusèrent : il fallait absolument qu'elle reste cachée le mieux possible pour l'instant, et puis, quelqu'un devait continuer de veiller Solen jusqu'à ce qu'il recouvre ses forces. Un jeune garçon un peu bourru, que les autres appelaient Tilio, proposa d'explorer une nouvelle fois la clairière. Yun, le vieux monsieur que tout le monde semblait écouter avec respect, repartit faire le tour du chemin de ronde de la cabane jusqu'aux différentes tours de garde en compagnie de son ami Rik. Un petit enfant brun d'environ sept ou huit ans, Nafaël, insistait pour participer aux recherches, alors on lui confia la mission très délicate d'aller cueillir, avec sa petite camarade et leurs mères, des fruits dans l'arbre voisin pour le retour des chevaliers, ce qu'il effectua avec fierté.

Kaïm et Aslin prirent la décision de repartir en direction de Neven à la recherche d'informations. Ils avançaient prudemment dans la clairière, guettant le moindre indice, quand ils entendirent, provenant de la grotte, une voix étouffée dont ils ne distinguèrent que quelques mots :

— Je vous en prie… à l'aide… n'y a-t-il donc personne ?

La voix tremblante et larmoyante semblait désespérée. Pourtant, d'un caractère plutôt suspicieux, les deux camarades tirèrent sans un mot l'épée de leur fourreau et se dirigèrent à pas de loup vers l'obscurité. Contre toute attente, ils découvrirent une scène inattendue : un petit homme large, qu'ils reconnurent après comme étant Elar, le fils du veilleur de nuit de Neven, déboussolé, les mains rougies de sang, le visage terreux et suintant, se trouvait à genoux devant un homme étendu sur la pierre froide. En découvrant l'identité de ce dernier, Aslin, décontenancé, lâcha son arme qui s'abattit à terre dans un grand fracas. Le bruit résonna en écho à travers le tunnel. Le petit bonhomme leva alors ses yeux fatigués et emplis de larmes vers les deux individus. Le jeune chevalier blond tomba à genoux près de son ami. Il tenta vainement de le réveiller en le secouant, criant son nom. Comme il n'ouvrait toujours pas les yeux, Kaïm s'approcha de lui et posa une main amicale sur son épaule. Aslin, le visage pâle, le regarda d'un air suppliant. Le grand brun s'agenouilla alors à ses côtés et tendit ses doigts vers le cou du blessé. Rien. Il ne respirait plus. Aslin, désespéré, éclata en sanglots tandis que Kaïm cherchait des réponses dans le regard désolé d'Elar. Ce dernier, abattu, tenta du mieux qu'il pouvait d'expliquer les faits aux deux chevaliers tristes et silencieux. De rage, le jeune chevalier blond ramassa son épée et voulut partir en direction de la ville afin de retrouver Langloi et de venger son ami. L'autre eut bien du mal à le raisonner :

— Je comprends ta colère, et le même désir de vengeance m'habite. Mais, seul, tu ne pourras rien contre l'armée du roi et tu te feras tuer comme Aban. Ne tentons rien d'imprudent. Attendons le rétablissement de Solen et le retour du prince. Langloi aura ce qu'il mérite en temps venu.

Ils furent bientôt rejoints par Tilio, qui, inspectant la clairière, avait entendu du bruit et s'était dirigé prudemment vers la grotte. Bien qu'il ne connaisse pas les chevaliers de Sigis depuis longtemps, il fut très attristé de cette macabre découverte. Il retira sa tunique blanche et en recouvrit le corps d'Aban. Kaïm aida Elar, accablé et épuisé, à se relever et ils le conduisirent à la cabane afin qu'il y retrouve des forces. En voyant leur mine affligée, les autres comprirent qu'il s'était passé quelque chose de grave. Le fils du veilleur de nuit, la voix tremblotante, reprit son récit devant l'assemblée. Solen, que tout le monde pensait endormi, s'était approché de l'échelle et avait entendu les propos du fermier. Il se sentit coupable d'avoir entraîné le jeune chevalier encore inexpérimenté dans cette aventure et de ne pas avoir été là alors qu'il avait besoin de lui, cela à cause d'une malheureuse morsure de serpent dont il était presque guéri. Si seulement son ami l'avait attendu quelques heures... Il essaya de descendre pour rejoindre les autres chagrinés dans la salle principale, mais il manqua de s'évanouir et Kaïm dut se précipiter pour le rattraper :

— Solen, ce n'est pas prudent, tu devrais rester couché. Le venin t'a beaucoup affaibli. Une seule perte aujourd'hui suffira...

À ces mots, chacun resta silencieux quelques minutes pour se recueillir, quand, d'un coup, la voix de Yun perça le silence :

— Mais alors, où est Dana ?

***

La fée rousse, épuisée, les ailes vertes recourbées, l'avant-bras brûlé par le pouvoir de sa sœur, parvint, emportée par les aigles géants, à rejoindre la forêt royale quelques heures plus tard alors que la nuit commençait à tomber. Survolant la ville de Neven, elle avait d'abord hésité à s'y arrêter pour savoir si le plus jeune des chevaliers de Sigis avait retrouvé Médarine, mais elle se ravisa à la pensée du danger que cela représentait pour elle de se montrer. Ses brûlures la faisaient atrocement souffrir et son pouvoir en était fortement diminué. Elle espérait qu'ils étaient rentrés à la cabane rousse. Le vent s'était levé et le froid la saisit. De gros nuages gris s'amoncelaient dans le ciel noir, cachant la faible lueur des étoiles. Alors qu'elle traversait la grotte sous la cascade, elle entendit au loin un chant mélodieux flottant dans l'obscurité. Elle reconnut l'hymne fier et triste des combattants d'Idrasil, celui-là même que l'on chantait au retour des combats. Elle comprit alors qu'Aban n'était pas rentré vivant, et que ses amis le pleuraient :

Voici ton chant
Idrasil
Celui de tes champs
Et de ton peuple indocile

Entre les monts et les forêts
C'est dans tes collines
Que les hommes vaillants
Ont élu domicile

À chaque lever du soleil
Idrasil la Fière nous montre ses merveilles

Nous louons la beauté de tes paysages

Ta grandeur aux multiples visages
Les cascades et les rivières
Les herbes folles et les pierres

Contournant le lac Bleu
Nous arrivons joyeux
Dans les plaines du Bertil
Et ses terres fertiles
Jusqu'au plateau royal
Je te demeurerai fidèle et loyal

Contre l'envahisseur
Dans la douleur et le malheur
Nous avons résisté
Ensemble et déterminés

J'aperçois au loin la citadelle
Chère à mon cœur
Comme une vision irréelle
Pleine de douceur

Idrasil, pour toi
J'aurais donné ma vie
Et c'est dans tes bras
Que je meurs aujourd'hui

Sans jamais t'avoir trahie
Mais même quand vient la nuit
Contre l'ennemi et la barbarie
Notre courage jamais ne faiblit

C'était ton chant
Idrasil
Et la mort approchant
Je pars le cœur tranquille.

Près d'un chêne centenaire à l'allure imposante, la compagnie fragile des rebelles de la cabane rousse se recueillait devant un monticule de terre fraîchement creusé et ornementé de l'épée du chevalier. Les larmes coulaient sur les visages tristes. La fée s'avança sans bruit, les ailes rentrées, et se tint derrière son ami Yun, abattu. Elle posa sa main encore douloureuse sur son bras et appuya son visage contre l'épaule réconfortante du vieil homme. Cette scène ne leur était malheureusement que trop familière : combien de combattants, d'amis, d'innocents avaient-ils déjà enterrés ? Yun tourna les yeux vers elle, soulagé de son retour, et l'embrassa tendrement sur le front. La pluie se mit à tomber, quelques gouttes d'abord, puis de plus en plus intensément, une pluie froide et sans cœur pour les âmes mélancoliques. Les femmes et les enfants remontèrent sans un mot, laissant l'eau ruisseler sur leur peau ; puis suivirent les hommes. Seuls demeurèrent près de leur camarade Solen, Kaïm et Aslin. Le plus jeune, affligé, était agenouillé dans la terre boueuse, la tête et les épaules basses. L'eau glaçante pénétrait ses vêtements et dégoulinait de ses cheveux blonds qui lui collaient aux joues. Solen, affaibli, était adossé contre l'énorme tronc de l'arbre, protégé de la pluie battante. Épuisé et démoralisé, il se laissa tomber sans un bruit le long de l'écorce et s'assit sur une grosse racine qui ressortait de terre. Les yeux embués de larmes, il regarda ses mains tremblantes, rougies par le froid. Kaïm, silencieux et impassible comme à son habitude, après un instant de réflexion, se dirigea vers l'épée plantée dans la terre mouillée, la souleva et l'emporta vers la cabane. Le chevalier blessé le regarda partir, s'appuya contre le chêne pour se relever, se dirigea en boitant vers Aslin et lui tendit la main. Le paladin blond, trempé jusqu'aux os, prit la main qu'on lui offrait et se leva. Solen, claudiquant, passa le bras autour de l'épaule amicale et tous deux rejoignirent le grand brun.

Kaïm, essuyant son front qui dégouttelait, s'approcha du fermier Elar. Ce dernier frissonnait, affalé en silence sur un tabouret en bois. Le chevalier lui tendit l'arme mouillée d'Aban. Le paysan se redressa aussitôt.

— Mon garçon, tu nous as aujourd'hui montré ta valeur et ton dévouement pour notre juste cause. Tu as fait preuve d'un grand courage en osant t'opposer à l'héritier du trône et en bravant des soldats aguerris pour défendre des vies innocentes. Tu as fait ton possible pour nous ramener le corps de notre ami. Sache que nous t'en serons éternellement reconnaissants. À partir de cet instant, tu fais partie des nôtres et, en l'absence de notre chef, le noble prince Sigis, véritable successeur du roi, étant ici le plus âgé du groupe, je te nomme moi-même chevalier d'Idrasil. Agenouille-toi.

Le petit bonhomme surpris s'exécuta sans un mot. Aslin et Solen se glissèrent près d'eux en silence. Les autres personnes présentes dans la pièce, Dana, Yun, Rik et Tilio se levèrent avec respect. Kaïm posa l'épée sur l'épaule du jeune garçon de ferme.

— Elar le Brave, fils de Gaubert, acceptes-tu de servir, même au prix de ta vie, le royaume d'Idrasil ?

— Je l'accepte.

— Jures-tu de toujours défendre les faibles, de combattre le mal et l'injustice, et de rester fidèle au prince Sigis ?

— Je le jure.

— Alors je te proclame ce soir chevalier de la Confrérie de la cabane rousse. Reçois en gage de notre confiance cette épée qui fut celle de notre vaillant ami, et qui te revient de droit.

Le garçon prit l'arme avec déférence et se releva timidement. Il avait du mal à comprendre ce qui lui arrivait, mais il savait que c'était un grand honneur que Kaïm venait de lui faire. L'autre soldat, boitillant, s'approcha de lui et le prit dans ses bras.

— Bienvenue dans la troupe, mon ami.

— Merci, chuchota l'autre.

— Qu'allons-nous devenir maintenant ? demanda le pauvre Tilio, désespéré et trempé en s'écroulant sur son tabouret, le dos voûté, accoudé sur ses genoux. La ville de Kenaan brûle encore de notre précipitation, Aël a déclaré la guerre à Idrasil et le roi Enoghat n'a pas un nombre suffisant de soldats pour l'en empêcher ; nos amis sont perdus quelque part dans les profondeurs des forêts d'Eona, poursuivis par des monstres ; l'héritier du trône Langloi cherche à nous arrêter pour gagner les faveurs du seigneur de Tanis et dix filles innocentes sont encore prisonnières du palais des flammes.

Le vieux Yun s'avança vers lui et posa une main compatissante sur l'épaule du paysan abattu.

— Les journées que nous venons de vivre ont été éprouvantes pour tout le monde. La nuit est bonne conseillère à qui trouve un peu de repos. Demain nous aidera à y voir plus clair.

***

Au-dessus de la ville de Kenaan, le nuage de fumée gris commençait à s'évaporer dans la fraîcheur de la nuit. La pluie acheva d'éteindre le brasier qui consumait le mur d'enceinte et les maisons. Les survivants encore présents dénombraient les morts et les blessés dans les cris et les larmes, maudissant les Wagils, et encore plus la fée maléfique à l'air angélique.

***

À l'autre bout du royaume, sans se douter de ce qu'il se passait, Nao, Nessaora et Sigis poursuivaient leur exode vers les forêts d'Eona. La saison des fruits et des récoltes s'achevait. Les arbres commençaient à changer de couleur. Des hauteurs des monts Tenenan d'où ils descendaient, le paysage offrait un somptueux mélange de jaune, de roux et d'orangé, parsemé de quelques dernières notes de vert. Un vent automnal se leva dans le ciel assombri. À la tombée de la nuit, ils parvinrent enfin au pied de la dernière montagne, Alfgard, qu'ils avaient longé tout au long de la journée. Une odeur d'humus leur monta au nez. Le calme régnait à la frontière. À la venue de la pluie, la fraîcheur les saisit. La jeune fille affamée, pieds nus, les vêtements déchirés, les jambes courbaturées, frissonnait. Son frère courageux, stoïque malgré les nombreuses blessures sur son torse nu, s'approcha d'elle et la serra contre lui pour la réchauffer :

— Tout ira bien, petite sœur, je te le promets.

Fin du tome 1

Liste des personnages

Les fées

Sylvia, fée de la forêt, protectrice d'Eona

Nalani, fée de l'eau, protectrice de Kaëla

Eolia, fée du vent, protectrice de Zakia

Nora, fée de la glace, protectrice de Bard

Magda, fée du feu, protectrice de Tanis

Dana, fée des animaux, protectrice d'Idrasil

Les Idrasiliens

Enoghat, fils d'Aghar, roi d'Idrasil

Sigis, fils d'Enoghat, prince

Langloi, fils de Warnar et neveu d'Enoghat

Karel, conseiller du roi

Judith, maîtresse du roi

Yun, ancien chevalier

Aénor, sa fille

Nao, Nessaora et Nafaël, ses enfants

Rik, **Abélia** et leur fille **Adénora**, leurs amis
Tilio, le fils adoptif de Rik et Abélia
Solen, Kaïm, Aslin, Aban, chevaliers au service de Sigis
Elar, fils du veilleur de nuit de Neven
Lona, Médarine, prisonnières de Magda
Mégana, servante, compagne de Kaïm

Les Wagils de Tanis

Aël, roi de Tanis
Djal, un de ses fils, prince héritier
Alim, son meilleur ami
Aka et Beza ses lieutenants
Wakou, sentinelle, garde du corps d'Aël

Biographie

Les livres, ma vie

Passionnée de littérature depuis l'enfance, j'ai une préférence pour les grandes sagas fantasy, telles que le *Seigneur des anneaux*, *Games of Thrones*, les dystopies et le fantastique comme *Divergente*, *Hunger Games*. Je lis également beaucoup de romans policiers, en particulier des auteurs scandinaves comme les *Millenium* de Stieg Larsson, ou Camilla Lackberg.

Mon métier

Professeur des écoles depuis treize ans, j'ai à cœur de partager ma passion avec mes élèves en développant leur curiosité de lecteur et leur imagination d'écrivain en herbe. Nous participons parfois ensemble à des concours d'écriture. J'aime particulièrement découvrir avec eux la littérature de jeunesse. J'ai également deux enfants qui lisent beaucoup et avec qui je partage mes lectures.

L'écriture

Depuis mes sept ans, j'adore écrire et inventer des histoires. Il y a trois ans, j'ai décidé de me lancer. Trois de mes nouvelles sont parues dans des recueils. Et j'ai bien sûr plein d'autres projets en cours !

Bibliographie

– « **La première fois que j'ai embrassé un garçon** », nouvelle publiée dans le recueil ***Ketty's diary*** aux Éditions du Vénasque.
– « **Le quatorzième jour** », nouvelle publiée dans le recueil ***Fairy Valentine*** chez Évidence éditions.
– « **La malédiction d'Éloïse** », nouvelle parue en décembre dans le recueil ***Sorcellerie*** chez Évidence éditions.
– ***Héraïdios***, roman young adult à paraître chez Plumes de marmottes.

À paraître chez Evidence Editions :
– *La Septième Fée Tome 2 : Eona,* roman fantasy.
– *La Septième Fée Tome 3 : Bard,* roman fantasy.

Mentions légales

ISBN : 979-10-348-1587-6
ISSN : 2608-8665

Evidence Editions
2 rue Abbé Grégoire
17 000 La Rochelle

Site Internet : www.evidence-editions.com
Boutique : www.evidence-boutique.com

Dépôt légal octobre 2020

Achevé d'imprimer chez SoBook le 29-01-2021

Linselles - France

N° impression : 675 868